La bailarina de Auschwitz

Edición Young Adult

La bailarina de Auschwitz

Edición Young Adult

Edith Eger
con Esmé Schwall

Editado por Jordan Engle

Planeta

Obra editada en colaboración con Editorial Planeta – España

Título original: *The Ballerina of Auschwitz. Young Adult Edition of The Choice*

Diseño de interior basado en la idea original de Irene Metaxatos

Bajo el sello editorial PLANETA M.R.
Avenida Presidente Masarik núm. 111,
Piso 2, Polanco V Sección, Miguel Hidalgo
C.P. 11560, Ciudad de México
www.planetadelibros.com.mx

Primera edición impresa en España: abril de 2025
ISBN: 978-84-08-30129-5

Primera edición impresa en México: mayo de 2025
ISBN: 978-607-39-2771-0

Impreso en los talleres de Litográfica Ingramex, S.A. de C.V.
Centeno núm. 162, colonia Granjas Esmeralda, Ciudad de México
Impreso en México – *Printed in Mexico*

Me gustaría dar las gracias a mi nieto, Jordan Engle,
que nunca me permitió renunciar a mi deseo
de escribir un libro para el público joven,
dirigió y encauzó este proyecto y gestiona
mi obra y mi legado.

Para las cinco generaciones de mi familia:

Mi padre, Lajos, que me enseñó a reír;
mi madre, Ilona, que me ayudó a encontrar lo que necesitaba
en mi interior; mis maravillosas e increíbles hermanas,
Magda y Klara; mis hijos: Marianne, Audrey y John;
y sus hijos: Lindsey, Jordan, Rachel, David y Ashley;
y los hijos de sus hijos: Silas, Graham, Hale, Noah,
Dylan, Marcos y Rafael.

Índice

Nota de la autora

Querido lector:

He estado escribiendo este libro durante casi ochenta años. Cuando tenía dieciséis años y sufrí en primera persona los horrores del Holocausto; mientras veía a mis hijos (y luego a mis nietos y bisnietos) alcanzar la mayoría de edad; mientras daba clase a alumnos de secundaria y me convertía en psicóloga especializada en el tratamiento de traumas; mientras me relacionaba con mis numerosos y queridos pacientes y con público de todo el mundo, ya te estaba escribiendo mentalmente. Estaba deseando compartir contigo las herramientas que me ayudaron a sobrevivir a lo inimaginable; deseando que supieras que la historia de la capacidad de los seres humanos para hacer el mal es también la historia de nuestra inexorable capacidad para la esperanza. Siento que tengo la responsabilidad de compartir mi historia. De contar la verdad acerca de lo que sucedió para que no lo olvidemos nunca y, además, transmitir un legado de esperanza y pasión por la vida para que mis padres y otros millones de personas no hayan muerto en vano. Quiero que perduren el triunfo y la celebración de la vida.

Este parece el momento adecuado para compartir por fin mi historia contigo. Hace poco más de un año mi hermana Magda murió, tan solo unas pocas semanas después de cumplir cien años. Me di cuenta de que si no te escribía este libro ahora, tal vez perdería mi oportunidad. Así que estoy motivada por mi propia mortalidad.

Pero también me motiva *tu* vida. Soy consciente de los desafíos a los que te enfrentas en el mundo actual; realidades preocupantes como la violencia con armas de fuego, el ciberacoso, el cambio climático, una pandemia mundial, índices de ansiedad, depresión, desesperación y suicidio escandalosamente elevados. Quiero aprovechar mis noventa y seis años en este planeta, casi un siglo de vida, evolución y sanación, para convertirme en tu animadora y defensora. Para darte unas pautas para que asumas el dolor y las tribulaciones inevitables con los que te encontrarás. Y quiero ofrecerte algo escrito especialmente para ti en esta etapa de tu evolución, mientras aceptas lo que has heredado y soportado y aprovechas tu fuerza y tu autenticidad y decides construir la vida que quieres vivir.

Te ofrezco este libro con mi gratitud y con la esperanza de que leas mi historia y veas que no estás solo en esta extraña tarea de ser humano. Con la esperanza de que leas mi historia y pienses: «¡Si ella puede hacerlo, yo también puedo!». *Te* ofrezco este libro para que tú también puedas superar el victimismo y decidir bailar por la vida, incluso en circunstancias infernales. Te entrego mi historia para que puedas ser embajador de la paz y dueño de las decisiones de tu vida. Te ofrezco este libro para que puedas vivir como realmente eres: valioso y libre.

Con todo mi amor,
Edie

Octubre de 2024

Prólogo

Si pudiera sintetizar toda mi vida en una única imagen, sería esta: tres mujeres con abrigos oscuros de lana esperan tomadas del brazo en un patio desolado. Están agotadas. Tienen polvo en los zapatos. Forman parte de una larga fila.

Las tres mujeres somos mi madre, mi hermana Magda y yo. Es nuestro último momento juntas. Sin embargo, no lo sabemos. Nos negamos a planteárnoslo. O estamos demasiado cansadas para especular siquiera sobre lo que nos espera. Es un momento de ruptura: entre la madre y las hijas, entre la vida que hemos vivido y la que tenemos por delante. Y, a pesar de todo, solo adquiere significado en retrospectiva.

Nos veo a las tres desde atrás, como si fuera la siguiente en la fila. ¿Por qué la memoria me muestra la espalda de mi madre y no su cara? Su larga melena está recogida cuidadosamente en una trenza y sujeta en la parte superior de la cabeza. Las ondas de color castaño claro de Magda le tocan los hombros. Mi cabello oscuro está recogido bajo una pañoleta. Mi madre está en medio y Magda y yo estamos inclinadas hacia delante. Es imposible distinguir si somos nosotras las que sostenemos a nuestra madre o si, por el contrario, es ella el pilar que nos sostiene a Magda y a mí.

Este momento es la puerta de entrada a las mayores pérdidas de mi vida. Durante ocho décadas he vuelto una y otra vez a esa imagen de nosotras tres. La he estudiado como si, examinándola lo suficiente, pudiera recuperar algo precioso. Como si pudiera recobrar la vida que precede a ese momento, la vida que precede a la pérdida. Como si eso fuera posible. Como si pudiera volver a ese momento en el que nuestros brazos están unidos y nos tenemos las unas a las otras. Veo los hombros inclinados. El polvo que se posa en la parte inferior de nuestros abrigos. Mi madre. Mi hermana. Yo.

1
La pequeña

Querían un niño, pero llegué yo.

Una niña. La tercera hija, la pequeñita de la familia.

—Me alegro de que tengas cerebro, porque no tienes buena presencia —me dice mi madre a menudo.

Quizá se refiere a que nunca seré guapa. O quizá ese cumplido envuelto en crítica es su manera de animarme a estudiar mucho. Una motivación expresada como una advertencia. Quizá está intentando salvarme de algún destino invisible. Quizá está intentando que me haga una mejor idea de la persona que podría llegar a ser.

—Ya aprenderás a cocinar en otro momento —me dijo cuando le pedí que me enseñara a trenzar el pan *challah,* a freír pollo o a hacer la mermelada de cerezas que prepara en verano y almacena para el resto del año—. Vamos, al colegio.

Hoy estoy delante del espejo, en el baño de nuestro departamento, cepillándome los dientes y preparándome para ir al colegio. Examino mi reflejo. ¿Es cierto que no tengo buena presencia? Soy bailarina y gimnasta; mi cuerpo es esbelto y torneado. Me gusta mi fuerza. Me gusta mi cabello castaño ondulado, aunque Magda, la mayor de mis hermanas, es la más bonita de todas. Sin embargo, cuando contemplo mis propios ojos en el espejo, cuando me sumerjo en ese conocido color azul verdoso, no soy capaz de identificar lo que veo. Es como si estuviera fuera de mi vida, observándome como a un personaje de una novela cuyo destino se desconoce y cuya esencia y cuyo ser aún se están desarrollando.

Acabo de terminar de leer una de las novelas de mi madre: *Nana*, de Émile Zola, hurtada de su librero y devorada a escondidas. No me puedo sacar la última escena de la cabeza. Nana, la bella y elegante artista, deseada por innumerables hombres, yace descompuesta y enferma, con el cuerpo lleno de llagas provocadas por la viruela. Hay algo aterrador en la forma en que se describe su cuerpo. Incluso antes de la viruela, incluso cuando todavía era preciosa y encantadora, su cuerpo era peligroso. Un arma. Algo amenazador, con lo que había que tener cuidado.

Aun así era deseada. Yo anhelo un amor como ese. Ser considerada un tesoro. Ser colmada de cariño y saboreada como un manjar.

En cambio, me enseñan a ser prudente.

—Asearse es como lavar los platos —me ha dicho mi madre—. Empieza por el cristal y luego continúa con las ollas y los sartenes.

Deja lo más sucio para el final. Hasta mi propio cuerpo es sospechoso.

Magda llama a la puerta del baño, cansada de esperar su turno.

—Deja de soñar, Dicuka —protesta.

Usa el apodo que me puso mi madre. Ditzu-ka. Esas sílabas sin sentido habitualmente me resultan entrañables. Hoy suenan duras y estridentes.

Paso a toda prisa junto a mi enojada hermana en dirección a la habitación que compartimos para vestirme, pensando todavía en la chica del espejo; la chica deseosa de amor. Tal vez el amor que anhelo es imposible. He pasado trece años hilvanando mis recuerdos y experiencias para formar la historia de quién soy, una historia que parece revelar que estoy herida, que no soy deseada, que no encajo.

Como la noche que mis padres tuvieron una cena en casa. Me mandaron a llenar una jarra de agua y, desde la cocina, los oí bromear: «A esa nos la podríamos haber ahorrado». Se referían a que, antes de que yo llegara, ya eran una familia completa. Tenían a Magda, que tocaba el piano, y a Klara, que era una niña prodigio del violín. Yo no aporté nada nuevo. Era innecesaria, no era lo bastante buena. No había sitio para mí.

Confirmé esta teoría cuando tenía ocho años y decidí escaparme de casa. Quería comprobar si mis padres se daban cuenta siquiera de que me había ido. En lugar de ir al colegio, tomé el tranvía hasta la casa de mis abuelos. Confiaba en que mis abuelos (el padre y la madrastra de mi madre) me cubrirían. Estaban constantemente enzarzados en una guerra con mi madre por culpa de Magda, escondiendo galletas en el cajón del tocador de mi hermana. Para mí representaban la seguridad. Se tomaban de la mano, cosa que mis padres nunca hacían. Eran el consuelo personificado: el olor de la carne y los ejotes cocidos, del pan dulce, del chólent, un delicioso estofado que mi abuela llevaba a la panadería para que lo hornearan en el *sabbat* cuando la práctica ortodoxa no le permitía utilizar su propio horno.

Mis abuelos se alegraron de verme. No tenía que actuar para ganarme su amor o su aprobación. Me los ofrecían sin más y pasamos una maravillosa mañana en la cocina, comiendo pastelitos de nuez. Pero entonces llamaron a la puerta. Mi abuelo fue a abrir. Al cabo de un momento entró corriendo en la cocina. Era duro de oído y pronunció su advertencia demasiado alto.

—¡Escóndete, Dicuka! —gritó—. ¡Tu madre está aquí!

Al tratar de protegerme, me delató.

Lo que más me molestó fue la cara que puso mi madre cuando me vio en la cocina de mis abuelos. No es que le sorprendiera verme allí, sino que parecía que el mero hecho de mi existencia la hubiera tomado por sorpresa. Como si yo no fuera lo que quería o lo que esperaba que fuera.

Aun así, a menudo le hago compañía y me siento en la cocina con ella cuando mi padre está de viaje de negocios en París, llenando maletas de seda para su negocio de sastrería, con mi madre tensa y vigilante a su regreso, preocupada por que haya gastado demasiado dinero. No invita a amigas a que vengan de visita. No hay chismorreos inocentes en la sala ni debates sobre libros o política. Soy la única a la que mi madre le cuenta sus secretos. Disfruto del tiempo que paso a solas con ella.

Una tarde, cuando tenía nueve años, estábamos solas en la cocina. Ella estaba envolviendo los restos de la masa del *strudel* que había preparado. Yo la había observado cortarla y extenderla como si fuera un mantel sobre la mesa del comedor.

—Léeme —dijo, y fui a buscar el gastado ejemplar de *Lo que el viento se llevó* de su mesita de noche.

Ya lo habíamos leído completo antes. Empezamos de nuevo. Me detuve en la misteriosa dedicatoria, escrita en inglés, en la primera página del libro traducido. Era letra de hombre, pero no la de mi padre. Lo único que me dijo mi madre es que el libro era un regalo de un hombre al que conoció cuando trabajaba en el Ministerio de Asuntos Exteriores, antes de conocer a mi padre.

Nos sentábamos en sillas de respaldo recto junto a la cocina de leña. Cuando leíamos juntas no tenía que compartirla con nadie más. Me sumergía en las palabras y en la historia y en la sensación de estar sola con ella en el mundo. Escarlata regresa a Tara al final de la guerra y descubre que su madre ha muerto y que su padre ha enloquecido de dolor. «A Dios pongo por testigo que nunca volveré a pasar hambre», dice. Mi madre cerraba los ojos y reclinaba la cabeza en el respaldo de la silla. Yo quería subirme a su falda. Quería apoyar la cabeza en su pecho. Quería que sus labios me rozaran el cabello.

—Tara... —decía—. Estados Unidos, ese sí que sería un lugar que habría que ver.

Ojalá dijera mi nombre con la misma dulzura que reservaba para un país en el que nunca había estado. Todos los deliciosos olores de la cocina de mi madre se me mezclaban con el dramatismo del hambre y el festín; siempre, incluso en el festín, aquella nostalgia. Yo no sabía si la nostalgia era suya o mía o algo que compartíamos.

Nos sentamos cada una a un lado de la estufa.

—Cuando tenía tu edad... —empezó.

Ahora que estaba hablando tenía miedo de moverme; me daba miedo que no continuara si lo hacía.

—Cuando tenía tu edad los bebés dormían juntos y mi madre y yo compartíamos cama. Una mañana me desperté porque mi padre me estaba llamando: «Ilonka, despierta a tu madre. No me ha hecho el desayuno ni me ha preparado la ropa». Me volví hacia mi madre, que estaba a mi lado bajo las sábanas. Pero no se movía. Estaba muerta.

Yo quería conocer hasta el último detalle de ese momento, cuando una hija se despertó junto a una madre a la que ya había perdido. También quería apartar la mirada. Era algo demasiado aterrador para pensarlo.

—Cuando la enterraron, aquella misma tarde, pensé que la habían sepultado viva. Aquella noche mi padre me dijo que preparara la cena para la familia. Así que eso fue lo que hice.

Yo esperaba oír el resto de la historia. Esperaba la moraleja final, o el consuelo.

—Hora de dormir. —Fue todo lo que dijo mi madre. Entonces se inclinó para barrer las cenizas bajo la estufa.

Al otro lado de la puerta sonaron fuertes pisadas por el pasillo. Podía oler el tabaco de mi padre antes incluso de oír el tintineo de sus llaves.

—Señoras —dijo—, ¿aún están levantadas?

Entró en la cocina con sus zapatos relucientes y su traje elegante, una amplia sonrisa y una pequeña bolsa en la mano, que me entregó junto con un sonoro beso en la frente.

—Volví a ganar —alardeó.

Siempre que jugaba a las cartas o al billar con sus amigos compartía las ganancias conmigo. Aquella noche había traído un *petit four* con glaseado rosa. Si yo fuera mi hermana Magda, mi madre, siempre preocupada por su peso, me habría arrebatado el regalo, pero asintió con la cabeza, dándome permiso para que me lo comiera.

Se levantó y se dirigió del fogón al fregadero. Mi padre la interceptó, le tomó la mano y se la levantó para hacerla girar por la habitación, cosa que ella hizo, rígida, sin una sonrisa. Él la atrajo hacia sí para abrazarla, con una mano en su espalda y la otra rozándole el pecho. Mi madre se lo quitó de encima.

—Para tu madre soy un fracasado —me susurró mi padre mientras salíamos de la cocina.

¿Pretendía que ella lo oyera o se trataba de un secreto destinado únicamente a mí? En cualquier caso, era algo que me guardé para darle vueltas más adelante. Sin embargo, la amargura de su voz me asustó.

—Ella quiere ir a la ópera cada noche, llevar una vida sofisticada y cosmopolita. Yo solo soy un sastre. Un sastre y un jugador de billar.

El tono derrotado de mi padre me desconcertó. Era muy conocido y apreciado en nuestra localidad. Bromista, sonriente; siempre parecía cómodo, animado y divertido. Le gustaba salir por ahí con sus muchos amigos. Le encantaba comer, especialmente jamón, que a veces metía en casa a escondidas y que se comía directamente del papel de periódico en el que estaba envuelto, metiéndome trocitos del cerdo prohibido en la boca y soportando las acusaciones de mi madre de ser un mal ejemplo. Su sastrería había ganado dos medallas de oro. No solo hacía costuras igualadas y dobladillos rectos. Era un maestro de la costura. Así es como conoció a mi madre; ella entró en el taller porque necesitaba un vestido y le habían recomendado encarecidamente su trabajo. Sin embargo, él quería ser médico, no sastre, un sueño del que su padre lo había disuadido y, de vez en cuando, la decepción salía a la superficie.

—Tú no eres un simple sastre, papá —lo consolaba yo—. ¡Eres un diseñador de moda famoso!

—Y tú vas a ser la dama mejor vestida de Košice —me decía él, dándome una palmadita en la cabeza—. Tienes la figura perfecta para la alta costura.

Había vuelto a apartar su decepción. Nos quedamos en el pasillo; ninguno de los dos queríamos separarnos.

—Ya sabes que yo quería que fueras un niño —dijo mi padre—. Azoté la puerta cuando naciste. Así de furioso estaba por haber tenido otra niña. En cambio, ahora eres la única con la que puedo hablar.

Me dio un beso en la frente.

Todavía me encanta recibir el cariño de mi padre. Como el de mi madre, es precioso... y frágil. Como si el hecho de merecer su amor no tuviera tanto que ver conmigo como con su soledad. Como si mi identidad no tuviera nada que ver con nada de lo que soy o lo que tengo, sino solamente con lo que les falta a cada uno de mis padres.

Cuando me siento a la mesa con mi familia para desayunar mis hermanas mayores me reciben con una canción que se inventaron cuando yo tenía tres años y se me quedó un ojo bizco tras una intervención médica mal hecha.

—Eres muy fea, eres muy enclenque —cantan—. Nunca encontrarás marido.

Durante años anduve con la cabeza inclinada hacia el suelo para no tener que ver a nadie mirándome la cara asimétrica. Cuando tenía diez años me operaron para corregir el estrabismo, así que ahora debería ser capaz de levantar la cabeza y sonreír a los desconocidos. Sin embargo, la vergüenza sigue ahí, con la ayuda de las burlas de mis hermanas. Magda tiene diecinueve años, labios sensuales y cabello ondulado. Es la bromista de la familia. Cuando éramos pequeñas me enseñó a tirar uvas a las tazas de café de los clientes que estaban sentados en el patio de abajo desde la ventana de nuestra habitación. Klara, la hermana mediana, la niña prodigio del violín, ya interpretaba con maestría el concierto para violín de Mendelssohn cuando tenía cinco años.

Estoy acostumbrada a ser la hermana silenciosa, la invisible.

Estoy tan convencida de mi inferioridad que raramente me presento por mi nombre. «Soy la hermana de Klara», digo. No me pasa por la cabeza que a Magda pueda cansarle ser la payasa o que a Klara le moleste ser la niña prodigio. No puede dejar de ser extraordinaria ni un segundo; de lo contrario, podría perderlo todo: la adoración a la que está acostumbrada, su propia imagen de sí misma. Magda y yo tenemos que esforzarnos para conseguir algo de lo que estamos seguras de que no habrá suficiente; Klara tiene que preocuparse por el hecho de que en cualquier momento puede cometer un error fatal y perderlo todo. Klara lleva tocando el violín toda mi vida, desde que ella tenía tres años. A menudo se coloca frente a una ventana abierta para ensayar, como si no pudiera disfrutar plenamente de su genio creativo si no congrega a una audiencia de transeúntes para que sean testigos de este. Parece que para ella el amor no es absoluto, es condicional: la recompensa por una actuación, lo que recibes como pago. Y ser amada tiene un precio: el trabajo de ser aceptada y adorada es, al final, una especie de desaparición.

Comemos bizcochos de la panadería de nuestra calle, bañados en mantequilla y en la mermelada de durazno de nuestra madre, más dulce que ácida. Mi madre sirve café y reparte la comida en la mesa. Mi padre ya se ha colocado una cinta métrica alrededor del cuello y se ha metido un trozo de carboncillo para marcar la tela en el bolsillo delantero. Magda espera a que mi madre nos ofrezca una segunda ración de bizcochos. «Tómalo, después me lo comeré yo», me insiste siempre si rechazo otra ración. Klara carraspea y todo el mundo se gira hacia ella para oír lo que tiene que decir.

—Tengo que contestar al profesor sobre la invitación para estudiar en Nueva York —dice, extendiendo con el cuchillo la cremosa mantequilla en el pan caliente.

—Tenemos familia en Nueva York —cavila mi padre, removiendo el café. Se refiere a su hermana Matilda, que vive en un lugar llamado el Bronx, en un barrio de inmigrantes judíos.

—No —dice mi madre—. Ya lo hemos hablado. Estados Unidos está demasiado lejos.

Pienso en aquella noche, hace mucho tiempo, en la cocina, cuando hablaba de Estados Unidos con tanto anhelo. Puede que la vida sea eso, un vacilar constante entre las cosas que no tenemos pero querríamos tener y las cosas que tenemos y querríamos no tener.

Klara aprieta la mandíbula.

—Pues si no es Nueva York, entonces Budapest.

Mi madre baja la cabeza mientras recoge los platos de la mesa. Apoyar la carrera de su hija favorita significa perderla. O tal vez no es la idea de que Klarie se vaya de casa lo que la entristece; tal vez es su propia intransigencia. Tal vez está enojada consigo misma por decir «no» cuando quiere decir «sí».

El habitual buen humor de mi padre no se ve afectado por la contundencia de la decisión de Klara o por la preocupación con que se la toma mi madre.

—Ya hablaremos —dice, disipando el ambiente sombrío que se ha apoderado de nuevo de nuestra mesa familiar.

A continuación se voltea hacia mí.

—Dicuka —dice entregándome un sobre—, lleva este dinero al colegio. Es el pago de la inscripción.

Sostengo el sobre en la mano, consciente de la importancia de su confianza. Sin embargo, el hecho de que me otorgue esa responsabilidad es también una recriminación. Un recordatorio de lo que le cuesto a la familia. Una pregunta sin respuesta sobre el valor que aporto. Agarro el sobre con fuerza mientras recojo el material escolar, como si sostenerlo me fuera a ayudar a determinar cuánto importo y cuánto no, como si me fuera a ayudar a dibujar el mapa que muestra las dimensiones y las fronteras de mi valía.

Cuando mejor estoy es cuando estoy a solas, cuando puedo refugiarme en mi mundo interior, y el camino hasta la escuela judía privada a la que asisto es un tiempo que valoro mucho. Practico los pasos de la coreografía de *El Danubio azul* que mi clase de *ballet* interpretará en un festival junto al río.

Pienso en mi profesor de *ballet* y en su mujer, en la sensación que me invade cuando subo los escalones de su estudio de dos en dos o de tres en tres, me quito la ropa del colegio y me pongo los leotardos y las mallas. Llevo estudiando *ballet* desde que tenía cinco años, desde que mi madre intuyó que no era música, que tenía otro talento. (Mis padres habían intentado que practicara con el viejo violín de Klara, pero mi madre no tardó en arrancarme el instrumento de las manos, diciendo «Ya es suficiente».) El *ballet,* en cambio, me encantó desde el principio. Mi tía y mi tío me regalaron un tutú que me puse para mi primera clase. Por alguna razón en el estudio no me sentía tímida. Fui directo al pianista que tocaba la música que se bailaba en clase y le pregunté qué piezas tenía pensado interpretar. «Tú baila, cariño —me dijo—. Yo me encargo del piano.»

A los ocho años asistía a clases de *ballet* tres veces por semana. Me gustaba hacer algo que era exclusivamente mío, distinto a lo que hacían mis hermanas. Y me gustaba estar en mi cuerpo. Me gustaba practicar las aperturas de piernas mientras nuestro profesor de *ballet* nos recordaba que fuerza y flexibilidad son inseparables; para que un músculo se flexione otro tiene que abrirse; para lograr elasticidad y flexibilidad tenemos que tensar los abdominales. Memoricé sus instrucciones como una oración. Me inclinaba, la columna recta, los músculos abdominales tensos, las piernas separadas. Sabía respirar, especialmente cuando me sentía bloqueada. Imaginaba que el cuerpo se me desplegaba como las cuerdas del violín de mi hermana, encontrando el punto justo de tensión que hacía sonar el instrumento. Y allí estaba yo, en el suelo, con las piernas totalmente separadas. «¡Bravo!» Mi profesor de *ballet* aplaudió. «Quédate tal como estás.» Me levantó del suelo y me elevó por encima de su cabeza. Me costaba mantener las piernas totalmente extendidas sin ayudarme de la presión del suelo, pero por un momento me sentí como una ofrenda. Me sentí luz. «Editke —me dijo el profesor—, todo el éxtasis de tu vida saldrá de tu interior.» En realidad aún no entiendo qué quería decir. Pero sé que puedo respirar, girar, estirarme e inclinarme. Que, mientras mis músculos se estiran y se refuerzan, cada movimiento y cada postura parecen clamar: «Soy, soy, soy. Soy yo. Soy alguien».

La fantasía me invade y estoy en otro lugar, en una nueva danza de mi invención, en la que me imagino que se encuentran mis padres. Bailo sus pasos. Mi padre da un salto exagerado cuando ve a mi madre entrar en escena. Mi madre da vueltas cada vez más rápido, con las caderas cada vez más elevadas. Todo mi cuerpo se dobla con una alegre carcajada. Nunca he visto a mi madre tan contenta, nunca la he oído reírse desde el estómago, pero siento en mi cuerpo el pozo sin explotar de su felicidad.

Cuando llego al colegio el dinero de la inscripción que me ha dado mi padre para pagar todo un trimestre del curso ha desaparecido. Debo de haberlo perdido en el frenesí del baile. Miro en cada bolsillo y en cada pliegue de mi ropa, pero ha desaparecido. Durante todo el día el terror a decírselo a mi padre me quema como hielo en las entrañas.

Aquella noche, en casa, espero a después de la cena para reunir el valor para decirle a mi padre lo que hice. No es capaz de mirarme mientras levanta la mano agarrando un cinturón. Es la primera vez que me pega, a mí o a cualquiera de nosotras. Cuando acaba no me dice ni una palabra.

Me voy a la cama temprano, antes de acabar la tarea, con la espalda y el trasero todavía adoloridos. Lo que me duele más que los recientes azotes en la piel es la sensación de que me pasa algo malo. Pronto sabré que el lugar remoto al que me retiro cuando estoy sola es una ventaja, una herramienta de supervivencia, pero esta noche mi imaginación me parece una aberración. Un defecto terrible.

Meto mi muñeca bajo las sábanas. La llamo Pequeña. Tiene el cabello oscuro largo y ondulado y unos ojos verdes que se abren y se cierran. Ojos verdes como los de mi padre. Es una muñeca preciosa, mi posesión más preciada. Le susurro a su suave oído de porcelana.

—Ojalá me muriera para que así sufriera por lo que me hizo —digo cerrando los ojos fuertemente en la oscuridad.

Pequeña guarda silencio, como si estuviera valorando la rabia irreprimible que siento hacia mi padre y hacia mí misma. Dejo que la furia se agite en mi interior. La remuevo más y más. Hay algo placentero en decir las cosas más terribles.

—No —le susurro a mi muñeca, con la voz quebrada por las lágrimas—, ojalá… —Dejo que el *crescendo* vaya en aumento—.

Ojalá… —Voy a decir lo más violento y terrible que se me ocurra. Una frase tan espantosa que no pueda retirar jamás, que todavía no sé que me obsesionará, que resonará en mi mente en noches mucho peores y en tiempos mucho más sombríos—. Ojalá mi padre estuviera muerto —digo al fin.

Esta noche Pequeña no dice nada, sus ojos están cerrados en la oscuridad, un telón se ha cerrado rápidamente en el escenario.

2

Seguros en nuestra mente

Antes de la Primera Guerra Mundial la región eslovaca en la que nací y me crie formaba parte del Imperio austrohúngaro, una gran potencia industrial con la segunda red ferroviaria más importante de Europa. Sin embargo, después de la Primera Guerra Mundial, en 1918, casi una década antes de que yo naciera, se estableció un nuevo país: Checoslovaquia. Mi ciudad natal, Kassa, en Hungría, se convirtió en Košice, en Checoslovaquia. Y mi familia se convirtió en una minoría por partida doble: éramos de etnia húngara y vivíamos en un país predominantemente checo y, además, éramos judíos.

No estábamos marginados. No nos metieron en un gueto ni se nos obligó a vivir separados, como era habitual para los judíos en muchos países de Europa (razón por la cual mi familia hablaba exclusivamente húngaro y no yidish). Gozábamos de numerosas oportunidades educativas, profesionales y culturales. Sin embargo, seguíamos topándonos con prejuicios, tanto sutiles como explícitos. El antisemitismo no fue una invención del nazismo; existía mucho antes que los nazis. A medida que iba creciendo interoricé la creencia de que lo más seguro era integrarse, mezclarse, no llamar nunca la atención.

No obstante, durante mi infancia hubo momentos en los que me sentí orgullosa de ser quien era. En noviembre de 1938, cuando tenía once años, Hungría se anexó de nuevo Košice y sentí que nuestro hogar se había convertido por fin en nuestro hogar. Mi madre salió al balcón de nuestro gran departamento en la calle principal de la ciudad, un viejo edificio llamado Palacio Andrássy que había sido transformado en departamentos unifamiliares. El nuestro estaba en el tercer piso. Mi madre había colocado una alfombra oriental en el barandal. No estaba haciendo limpieza, estaba de celebración. Su alteza serenísima, el almirante Miklós Horthy, regente del Reino de Hungría, llegaba ese día para dar formalmente la bienvenida a Hungría a nuestra ciudad. Me sentí emocionada y orgullosa. ¡Teníamos nuestro sitio!

Aquella tarde yo también le di la bienvenida a Horthy. Interpreté un baile. Me puse un vestido tradicional húngaro: un chaleco con llamativos bordados florales y una falda de lana brillante, una blusa blanca de mangas abultadas, listones, encaje y botas rojas. Cuando hice un *grand battement* junto al río Horthy aplaudió. Abrazó a las bailarinas. Me abrazó a mí. Me sentí valiosa para mi familia y para mi país.

Sin embargo, esa sensación de valía y pertenencia fue temporal.

—Dicuka —me susurró Magda aquella noche a la hora de irnos a la cama—, ojalá fuéramos rubias como Klara.

Se refería a que era mejor no dejar ver que éramos judías.

Todavía faltaban años para que llegaran los toques de queda y las leyes discriminatorias, pero Magda estaba preocupada con razón. El desfile de Horthy fue el punto de partida de todo lo que vendría después.

Por un lado, la nacionalidad húngara nos proporcionó una sensación de pertenencia, pero, por otro, también de exclusión. Estábamos encantados de hablar nuestra lengua materna y de ser aceptados como húngaros, pero dicha aceptación dependía de nuestra integración. Los vecinos sostenían que únicamente los húngaros *que no fueran judíos* deberían poder ir ataviados con los trajes tradicionales.

Tan solo un año después del desfile de Horthy, en 1939, el mismo año de la invasión de Polonia por parte de la Alemania nazi, los nazis húngaros (los cruces flechadas) ocuparon el departamento inferior al nuestro en el Palacio Andrássy. Escupieron a Magda. Nos expulsaron de allí. Nos mudamos a nuestro departamento actual, situado en el número 6 de la calle Kossuth Lajos, una calle lateral en lugar de la avenida principal, menos adecuada para el negocio de mi padre. El departamento estaba disponible porque sus anteriores ocupantes, otra familia judía, habían emigrado a Sudamérica. Conocíamos a otras familias judías que se habían ido de Hungría. Matilda, la hermana de mi padre, hacía años que se había ido, pero su vida en Estados Unidos parecía más restringida que la nuestra. No nos planteamos irnos.

Entonces, en 1940, el año que cumplo dieciséis, los cruces flechadas empiezan a detener a los hombres judíos de Kassa y a enviarlos a un campo de trabajos forzados. A mi padre no lo llevan preso. Al principio, no. Sin embargo, yo contengo la respiración cada día cuando regreso a casa del colegio. ¿Será este el día en que llegue a casa y me encuentre a mi madre llorando en la cocina? ¿Es hoy el día que me dirá que se han llevado a mi padre? ¿El día que tendré que afrontar las terribles consecuencias de mi terrible deseo? ¿Es hoy el día que tendremos que afrontar un daño irreparable?

Tengo miedo, pero el miedo es más personal. Tiene más que ver con la sensación de que he hecho algo mal. La propia guerra parece muy alejada de nosotros. Si no prestamos atención, parece que podamos seguir con nuestra vida sin que nos afecte. En nuestra mente podemos hacer que el mundo sea seguro. Podemos hacernos invisibles al daño.

Cultivamos la inocencia. Un día, como de costumbre, voy a casa de mi amiga Sara. Su madre nos saluda y pone la merienda sobre la mesa de la cocina (pan de centeno con mantequilla y salchichón y chocolate humeante) y nos inventamos un juego. Coquetearemos con chicos en el colegio o en la calle. «Nos vemos a las cuatro en punto junto al reloj de la plaza», les diremos con una mirada soñadora.

Estamos experimentando con nuestro cuerpo cambiante, elevando cada vez más las apuestas, con esta nueva realidad en la que chicos y chicas se enamoran y ligan. Hay una mayor sensación de anticipación en todo. ¿Quién me mira? ¿A dónde nos llevan esas miradas y esa atención?

Sentimos esas preguntas, pero no se trata de algo que podamos expresar con palabras. Ignoramos muchas cosas. Cuando la madre de Sara tuvo un bebé algunos años atrás le pregunté a mi madre de dónde venían los niños. «Se te abre el estómago», me dijo. Aquella noche me examiné el estómago. No sabía nada de mi anatomía. Supuse que el ombligo debía de ser la parte que se abría.

A los trece años mi cuerpo sigue siendo un misterio, pero hay algo del mundo de los adultos, la danza del cortejo, que Sara y yo debemos entender de manera intuitiva, porque nuestro juego funciona a la perfección. Cada vez que movemos las caderas delante de los chicos y les decimos que nos vemos en la torre del reloj, los chicos vienen. Siempre vienen, a veces atolondrados, a veces tímidos y a veces pavoneándose a ver qué pasa. Desde la seguridad de mi habitación Sara y yo miramos por la ventana y los vemos llegar.

A veces no podemos ignorar el mundo que nos rodea. A veces la guerra se abre paso. Un día de junio Magda ha salido con su bicicleta cuando aúllan las sirenas. Recorre tres manzanas a toda prisa para llegar a la seguridad de la casa de nuestros abuelos, pero descubre que la mitad ha desaparecido. Ellos han sobrevivido, gracias a Dios, pero su casera no. Ha sido un ataque aislado, un barrio asolado por un bombardeo. Nos dicen que los rusos son los responsables de los escombros y las muertes. Nadie lo cree, pero nadie puede rebatirlo. Somos afortunados y vulnerables a la vez. La única verdad es la pila de ladrillos destrozados en el lugar en el que antes había una casa. La destrucción y la ausencia son un hecho. Hungría se une a Alemania en la Operación Barbarroja. Invadimos Rusia.

Aproximadamente en esa época nos obligan a llevar la estrella amarilla. El truco consiste en ocultarla tapándola con el suéter. Sin embargo, incluso con la estrella fuera de la vista me siento como si hubiera hecho algo malo, algo sancionable. ¿Qué pecado imperdonable he cometido? Mi madre siempre tiene la radio cerca. Cuando vamos de pícnic junto al río mi padre cuenta historias de cuando fue prisionero de guerra en Rusia durante la Primera Guerra Mundial. Sé que su experiencia como prisionero de guerra (su trauma, aunque en ese momento no sé llamarlo así) tiene algo que ver con el hecho de que coma cerdo, con su alejamiento de la religión. Sé que la guerra es el origen de su angustia. Sin embargo, la guerra, esta guerra, aún se libra en otra parte. Puedo ignorarla y lo hago.

Sara y yo finalizamos la escuela elemental judía y hacemos un examen para determinar a qué preparatoria podremos ir. Muchos chicos de nuestra edad asisten a escuelas de formación profesional para aprender un oficio. Magda ha empezado a trabajar con nuestro padre. Tiene talento como costurera. Yo también podría aprender a coser. Durante el desayuno y la cena hablamos de las últimas noticias de Klara en Budapest, donde está estudiando en el conservatorio, pero no hablamos de mi futuro. Es como si el talento y las aspiraciones de Klara fueran lo suficientemente grandes como para echarse todo el mundo a la espalda. Yo no necesito tener alas. Basta con las de Klara.

¿Cuáles son mis sueños? Tienen más que ver con el ahora que con el futuro. Durante mis entrenamientos gimnásticos aprendo a trepar por la cuerda hasta el techo de la sala. Me balanceo muy por encima del resto de las estudiantes y toco el techo. Es una sensación poderosa, como de llegar a la cima. Me imagino que he superado tormentas y atravesado nubes hasta llegar a la cima del mundo.

Soy hiperflexible y puedo hacer muchas cosas que las otras chicas no pueden hacer. Puedo caminar con las manos. Puedo inclinarme hacia atrás y llegar a tocarme los tobillos con los dedos. No es solo que mi cuerpo sea flexible y fuerte, sino la forma en que hablo conmigo misma sobre la colchoneta, si me digo a mí misma que puedo o no puedo hacerlo. Digo: «Sí puedo». Me respondo con muchos síes.

A veces me separo de Sara después del colegio, aunque me encanta ir a su casa y la manera de recibirnos de su madre, como si yo fuera de la familia, y me voy caminando sola hasta las afueras, donde vive mi entrenadora de gimnasia. Estoy medio enamorada de ella. No se trata de una atracción romántica, sino más bien de la adoración a una heroína. Cuando llego a su casa paso por delante lo más despacio posible, con la esperanza de verla fugazmente a través de la ventana, fantaseando con que ella me verá allí fuera y me invitará a entrar. Siento curiosidad por su vida, por esa versión de la edad adulta y de la feminidad. No está casada. No es madre. Su vida es su profesión. No se anda con rodeos. En la gimnasia, en el atletismo, o lo haces o no lo haces. Trepas por la cuerda, das la voltereta o no. Es una persona que dice: «Vamos, ¡hazlo!». Mi autoestima, mis objetivos y mis posibilidades dependen del alcance de su apoyo y de su fe en mí. Tengo la impresión de que si puedo asimilar todo lo que tiene que enseñarme y corresponder a su confianza, me esperan grandes cosas.

Mi obsesión por ella tiene otra faceta. Al ver algo de su vida fuera del estudio aprendo algo sobre mi propia vida. Hay alternativas a la soledad de mi madre. Sé que las hay.

Tanto Sara como yo aprobamos el examen y nos aceptan en la preparatoria para chicas de la élite en Kassa. Magda observa cómo me visto el primer día de clase. Me pongo el uniforme de la escuela: blusa blanca, falda plisada azul marino y calcetines azul marino hasta la rodilla.

—Bueno, al menos no habrá chicos por allí para ver que eres plana como una tabla —se burla.

Estoy tan acostumbrada a su manera descarada de hablar, a su belleza natural, a su sofisticación, que nunca se me ha ocurrido que pueda tener celos de mí. Soy la pequeñita de la familia, la niña no deseada, la que hace compañía a sus padres mientras sus hermanas cautivan al mundo con su talento y su belleza. Sin embargo, por un momento veo una versión diferente de la historia, una versión en la que soy alguien, en la que a mi hermana mayor le gustaría ser como yo. Es una idea fugaz.

—Apuesto a que te dejarán un montón de tareas —dice—. Te quedarás encerrada detrás de un muro de libros.

Es posible.

Es lo que tiene aprender. Puedes saber más y más y más y no llegar nunca a la cima. El aprendizaje es una cuerda que nunca toca el techo. Yo quiero trepar así, en un ascenso sin fin, una vida en el cielo.

Me adapto a la vida de la preparatoria, caminando por la mañana con Sara y luego deslizándome en el mar de chicas, en su mayoría no judías. Mi prioridad es siempre encajar. Formar parte del grupo. Estudio alemán y latín. Aprendo canciones de amor en francés. Leo filosofía. La profesora de latín es mi favorita. Nos dice que aprender latín no es solo aprender una lengua; es aprender a pensar. Aprendemos que *tempora mutantur, nos et mutamur in illis*. Los tiempos están cambiando y nosotros cambiamos con los tiempos. Tal vez está hablando de la guerra sin hablar de la guerra.

O tal vez se refiere a esta etapa de la vida. El tiempo pasa y nos transforma. Estar vivo es cambiar.

Me uno a un club de lectura. También asisten estudiantes de la vecina preparatoria privada para chicos. Me siento incómoda al entrar en el aula para asistir a mi primera reunión. Hay una energía diferente en la sala. ¿Debería mirar a los chicos o no? Si los miro, ¿debería fingir que no lo hago? Miro al resto de las chicas en busca de pistas. ¿Soy la única que se pregunta dónde debería posar los ojos y cómo colocarme en la silla?

No puedo evitar mirar. Hay un chico pelirrojo al otro lado del salón. Está inclinado hacia delante, interesado y serio. Su mente parece despierta. Cuando habla me da un vuelco el estómago. Me gusta el sonido de su voz, masculina y reflexiva. Escucho. Mi cuerpo permanece absolutamente inmóvil, pero en mi interior estoy totalmente viva y todo mi ser es una mezcla de excitación y calma. «Dale otra mirada —me dice una voz en mi interior—. Este es especial.»

A medida que pasan las semanas me entero de que el chico alto con el cabello rojizo y pecas se llama Eric. Juega futbol. En el club de lectura leemos *María Antonieta: retrato de una reina mediocre,* de Stefan Zweig. Hablamos de la forma en que Zweig escribe las historias desde el interior, desde la mente de una persona. Me imagino Versalles. Me imagino los aposentos de María Antonieta. Me imagino reuniéndome allí con Eric. Eso hace que me ponga colorada. Ni siquiera sé qué imaginarme que pasa entre nosotros, pero me oigo preguntarme: «¿Cómo serían nuestros hijos? ¿Tendrían pecas también?». Cuando pasa junto a mi pupitre huele muy bien, como el aire fresco, como la hierba a orillas del río Hornád, donde mi familia va a hacer pícnic.

Otra semana leemos *La interpretación de los sueños,* de Sigmund Freud. La idea de Freud de una vida dinámica inconsciente me parece acertada. Tiene sentido que nuestra vida interior sea tan real como la exterior, o quizá más. Lo menciono en el club de lectura y saltan chispas en mi interior cuando me doy cuenta de que Eric se fija en mí. Nuestros ojos se encuentran y es como si nos hubiéramos transmitido un mensaje. Una especie de reconocimiento. «¿Tú también?», parece que nos preguntemos.

Me atrevo a hablar con él después de la reunión. Mi cuerpo me impulsa a su lado del salón antes de que pueda cambiar de opinión. Mi boca habla. Hablo sin un plan, improvisadamente. Apenas me doy cuenta de lo que le estoy diciendo; algo sobre futbol. Cuándo entrena, en qué posición juega. Lo único que percibo es su sensación de cercanía, sus ojos y su voz dirigiéndose únicamente a mí.

Un día hago que Sara me acompañe a verlo jugar al futbol después de clases. Por su forma de comportarse en el campo veo que es bueno y noble. Es un jugador fuerte, seguro con el balón, pero no llega a los extremos de otros jugadores al exteriorizar su decepción o frustración. Hace un pase a un compañero de equipo que marca un gol y Eric sonríe, animando al otro chico.

—Me gusta —dice Sara.

No se muestra frívola ni se burla de mi enamoramiento. Me toma en serio. Por mucho que me diga a mí misma que no importa lo que ella piense de él, sí me importa, y me alegro de contar con su aprobación.

—No te acuestes con él —me advierte Magda cuando por fin me arranca la información privada de que hay un chico que me gusta.

No sé a qué se refiere; no exactamente. En nuestro pequeño departamento a veces es difícil no ver fugazmente a nuestros padres en la cama. No conozco los detalles de sus asuntos privados. Me incomoda pensar en ello, pero cuando Magda me dice que no me acueste con Eric siento que es algo que deseo hacer. ¿Cómo es posible desear algo cuando no se sabe lo que es? Sin embargo, me pasa.

Eric empieza a acompañarme a casa después del colegio, llevando mis libros. Me dice que quiere ser médico. Es ambicioso y curioso, pero quiere obtener el conocimiento no por el conocimiento en sí, sino para ayudar a la gente. Le cuento que yo quiero ser profesora.

—¿Qué enseñarás? —pregunta. Quiere saberlo. Además, lo dice con admiración, como si creyera que yo podría enseñar bien muchas materias.

—Filosofía —le digo, y sonríe.

Me gusta que le parezca bien. Siento que está orgulloso de mí. Estoy acostumbrada a guardarme mis virtudes y mis puntos fuertes para mí sola. Mis padres no vienen a ver mis competiciones de gimnasia. Klara es la especial, la famosa. Ese no es mi papel en la familia, de modo que mis éxitos son tan privados como mis anhelos y mis decepciones. Sin embargo, hay una persona que ve quién soy y quién quiero ser y sonríe.

—Editke —me dice una tarde mientras caminamos por la calle principal hacia mi casa.

Mi cuerpo se ruboriza ante el diminutivo cariñoso. Resulta maravilloso oírlo decir mi nombre, Edith, pero aún mejor oírlo añadir «ke». Editke. Pequeña Edith. Como si fuera un tesoro.

—Editke —dice de nuevo—. El sábado toca una banda de *jazz* estadounidense. ¿Te gustaría ir a escucharlos tocar? ¿Conmigo?

Sus mejillas están sonrojadas. Su cabello dorado brilla bajo el sol.

—Les preguntaré a mis padres —digo.

Me siento avergonzada. Suenan campanas en mi pecho, pero no puedo decirle que sí sin permiso.

Cuando llego a casa mi madre está removiendo una olla de caldo de pollo, la cocina está empañada, huele a ajo y al suculento tuétano de los huesos.

Hablo rápido, como si mi petición no tuviera importancia, como si no estuviera rebosante de anhelo y sorpresa. ¡Me invitaron a salir! ¡Para escuchar música! ¡Para bailar! Él me la ha pedido a *mí*.

Mi madre remueve la olla lentamente, con el sabroso vapor subiéndole hasta la cara. «Ah», dice. Capto en su cara algo parecido a una sonrisa.

—¿Es un buen chico, Dicuka?

—Sí, mamá —le digo. No estoy segura de por qué se me llenan los ojos de lágrimas. Tiene algo que ver con la media sonrisa de mi madre, con la felicidad que veo que quiere para mí.

—Tu padre y yo estaremos encantados de conocerlo —dice.

El sábado me pongo una falda blanca plisada. Me doy cuenta de que Eric solo me ha visto con mi uniforme del colegio. Me siento un poco vulnerable. ¿Le gustaré con la ropa que elegí? Me pongo perfume detrás de las orejas. Es mi propio perfume, que mi madre me dejó comprarme con mi dinero. Ella también lo usa a veces. Huele a expectativa. Como una orquesta afinando.

Casi no ceno. Eric llama al timbre justo cuando mi madre ha recogido los platos. Mi padre trae su cigarrillo a la sala, que es también el lugar en el que recibe a sus clientes, y le ofrece un asiento a Eric. Puedo oír la preocupación en mi mente, la duda de si la cosa se pondrá tensa e incómoda, de si algo saldrá mal, pero lo que realmente percibo en la habitación es amabilidad. Mis padres están predispuestos a que Eric les guste. No están dispuestos a criticarlo o rechazarlo. Esto que no he hecho nunca antes, traer a un chico a casa para presentárselo, resulta que no es para tanto.

Eric me toma de la mano de camino al restaurante en el que tocará la banda. Todavía no es de noche. El tacto de su mano es tal como sabía que sería. Familiar. Cálido.

En el restaurante pide chocolate caliente para los dos. Somos los más jóvenes del local. La música es esplendorosa. Jubilosa. Es música del otro lado del océano, donde la guerra queda aún más lejos. Me imagino que estamos en Nueva York, que Hitler no es más que un nombre en un pedazo de papel de periódico que vuela por la calle de una ciudad, un nombre que no se ve en la oscuridad.

—¿Bailamos? —pregunta Eric, levantándose de nuestra mesita colocada contra la pared.

Le tomo la mano y salimos a la pista. He bailado con mi padre, apoyándome en sus pies, y he bailado en actuaciones, pero nunca he bailado con la cara a centímetros de un pecho en el que me gustaría reclinarme, con la mano en un hombro que, de repente, me doy cuenta de que me gustaría ver desnudo. Eric es un buen bailarín, tiene confianza y se mueve al compás de la música, seguro de dónde nos lleva, y yo me relajo siguiendo el ritmo del compás, de nuestro cuerpo acercándose, separándose y girando. Me hace girar y mi falda se abomba al dar vueltas, me jala, me acerca a su cuerpo. Siento una chispa de deseo, aguda y dulce, en mi interior, mientras me aprieto contra él, mientras siento que una parte de él que nunca he visto se acerca a mí y cobra vida.

3

Amor y guerra

Nuestra relación es profunda y sólida desde el principio. Hablamos de literatura, historia y filosofía. No es una fase de ligue intrascendente. Nuestro vínculo no es un enamoramiento caprichoso, un amor adolescente. Se trata de amor en medio de la guerra. A los judíos se nos ha impuesto un toque de queda, pero una noche de principios de verano nos escabullimos para dar un paseo sin llevar las estrellas amarillas.

—Editke —murmura Eric cuando llegamos a mi casa.

Me abraza fuerte. Apoyo la mejilla en su pecho. Cierro los ojos. Casi puedo sentir la guerra fraguándose a nuestro alrededor, una vibración sutil, como el suelo que tiembla cuando un tren se acerca. Pero está lejos. Nunca sabemos lo que vendrá a continuación. El corazón de Eric late contra mi cara. La forma en que nos tocamos…, eso es real. Eso está pasando aquí y ahora. Quizá tengamos la suerte de estar enamorándonos en este instante. Tal vez la agitación que nos rodea nos dé la oportunidad de comprometernos más y cuestionarnos menos.

Eric afloja el abrazo y me toma las manos.

—Podríamos irnos —dice.

—¿Irnos de Kassa?

—Irnos de Hungría —dice—. Irnos de Europa. Dentro de poco Hitler estará en todas partes.

—Pero ¿a dónde? —pregunto. Pienso en mi tía Matilda en Nueva York, en las reticencias de mi madre a la hora de enviar a Klara a estudiar allí.

—Palestina —dice Eric—. Podríamos ayudar a crear un lugar seguro para nuestro pueblo. Una nación judía.

No es la primera vez que alguien me expone los ideales sionistas, pero es la primera vez que pienso en ello de manera personal. Intento imaginar nuestra vida en el desierto. ¿Viviríamos en una tienda de campaña? ¿En montañas escarpadas? ¿Vendrían nuestras familias con nosotros?

—Podríamos irnos, los dos solos —dice.

—¿Y nuestro futuro?

—Nos asentaríamos allí. Yo terminaría la carrera de Medicina. Tú podrías dar clase. Podríamos criar a nuestros hijos en un lugar seguro. Sin Hitler y sin estrellas amarillas.

Es la primera vez que menciona el hecho de formar una familia conmigo. Resulta romántico, pero, de hecho, piensa en la guerra tanto como en mí. Y somos muy jóvenes. Todavía no he cumplido dieciséis años.

Me aprieta las manos.

—No hagas nada que no quieras hacer —dice—. Es importante que estemos seguros.

Tengo la boca seca. ¿Se iría sin mí? O, lo que es más aterrador, ¿tendría que abandonar a mi familia? ¿Es eso realmente lo que estamos discutiendo? ¿Dejar la encantadora sonrisa de mi padre y sus manos cubiertas de carboncillo? ¿Dejar la acogedora cocina de mi madre? ¿Dejar los pícnics familiares, el autobús que nos lleva al campo, las excursiones a la montaña, la comida que disfrutamos sobre un mantel en el suelo, el pollo frito y la ensalada de papa? ¿Dejar la descarada risa de Magda, su forma de parpadear y de mover la cabeza, la forma en que dice «tómalo, después me lo como yo»? ¿Dejar los estudios de *ballet* y gimnasia y la sensación de triunfo que siento cuando trepo por la cuerda?

Paso la mayor parte de la noche despierta, dándole vueltas a la pregunta que me ha planteado Eric.

Mi madre nos lleva a Sara y a mí a recoger cerezas a casa de una compañera de clase adinerada en el campo y le pregunto a Sara qué cree que debería hacer. Me escucha con atención, arrancando con los dedos la fruta madura. Sara no tiene una belleza convencional, pero a mí me parece guapa: bañada por la luz del sol, con los labios manchados de jugo de cereza y con su presencia leal y firme.

—¿Tienes dudas? —dice. Lo enuncia como una pregunta, pero me doy cuenta de que está sosteniendo un espejo en el que puedo mirarme claramente; me está diciendo lo que le sugiere mi voz.

Quiero estar convencida. Comprometida. Segura.

—¿Qué te dice tu instinto? —pregunta Sara.

¿Cómo puedo escuchar lo que siento *realmente* y no la parte que *quiere* sentirse de una determinada manera? Mi cabeza palpita dándole vueltas a las posibles consecuencias. ¿Y si me voy y extraño a mi familia? ¿Y si me voy y no los vuelvo a ver nunca? ¿Y si me voy y acabo sola y sin amigos? ¿Y si me voy y Eric se enamora de otra?

—No me siento preparada —digo—. No me siento preparada para partir hacia lo desconocido.

Eric no me presiona. Mientras el verano se va acercando al otoño sigue hablando de Palestina, pero se trata de una idea vaga sobre el futuro. No es un proyecto real. A veces me dejo llevar por mis fantasías y me imagino una vida allí. A veces le digo que no estoy segura. A veces me quito la idea de la cabeza. A veces me autoconvenzo de que nadie sabe lo que pasará, pero nosotros sí. Nos tenemos el uno al otro y tenemos el futuro, una vida juntos que vemos con tanta claridad como vemos nuestras manos al juntarlas.

Un día de agosto de 1943 vamos al río. Eric trae una cámara —su padre es abogado y puede permitirse esa clase de lujos— y me fotografía en traje de baño, haciendo aperturas de piernas sobre la hierba. Me imagino que algún día les enseñaré la foto a nuestros hijos, explicándoles cómo mantuvimos vivo nuestro amor y nuestro compromiso.

Pero ese día, cuando vuelvo a casa, mi padre no está.

—Se lo llevaron. —Es todo lo que dice mi madre.

Se refiere al campo de trabajos forzados al que han enviado a otros judíos.

—¡Es sastre! —protesto—. ¡Es apolítico!

Pero mi indignación es un escudo. Si puedo protestar contra la falta de lógica de su detención, entonces no tengo que aceptar lo que ha sucedido. Mi rabia y mi sentido de la justicia me alejan de la angustiosa realidad. En cierto modo, la culpa también. No puedo dejar de pensar en la noche que, hace dos años, mi padre me pegó y deseé su muerte. Presiono mi remordimiento como si fuera un moretón. Es irracional pensar que provoqué el castigo de mi padre, su desaparición. Sin embargo, si me aferro a la culpa, no tengo por qué apenarme. Puedo enfocar toda la tristeza sobre mí misma. Puedo pensar en lo imperfecta que soy en lugar de sentir el terrible dolor. O quizá la culpa no es más que una forma de intentar mantener el control. Si lo he provocado yo, hay una causa, y el mundo se alinea de la manera prevista.

Mi madre se limita a mirarme con pena.

—Ya le avisé a Klara —dice.

De repente, me enojo. No con los cruces flechadas. Me enojo con mi madre, con su ilusión, con la parte de ella que deposita todas sus esperanzas en Klara. Klara conoce a músicos y compositores famosos. Nos ayudará de alguna manera. Sin embargo, Klara no es más que una chica con un violín. Una chica que se preocupará, que se sentirá responsable de nosotros. Que puede que deje su vida en el conservatorio para ayudarnos, y yo no quiero que pase nada de eso. ¿Por qué no bastamos Magda y yo para consolar a nuestra madre y darle fuerzas? ¿Por qué se desespera tan rápido? ¿Por qué no me consuela ella a mí?

Se reanudan las clases. Los padres de Sara y de Eric siguen en casa. El encarcelamiento de mi padre se hace eterno.

Mi madre no expresa sus miedos en voz alta, pero veo cómo intenta hacer varias comidas con un solo pollo. Tiene migrañas. Acogemos a un inquilino para compensar la pérdida de ingresos. El hombre tiene una tienda enfrente de nuestro edificio y yo paso largas horas allí sentada solo para estar cerca de su tranquilizadora presencia.

Magda, que ya es prácticamente adulta, averigua de algún modo dónde está mi padre y va a visitarlo. Lo ve tambalearse bajo el peso de una mesa que tiene que trasladar de un sitio a otro. Ese es el único detalle que me explica de su visita. No sé qué significa esa imagen. No sé qué trabajo se ve obligado a hacer mi padre durante su cautiverio. No sé cuánto tiempo estará preso. Tengo dos imágenes de mi padre: una, como lo he conocido toda mi vida, con un cigarrillo en la boca, una cinta métrica alrededor del cuello, el jaboncillo en las manos para hacer un patrón en una tela cara, los ojos brillantes, a punto de cantar una canción, a punto de contar un chiste. Y esta otra nueva: levantando una mesa demasiado pesada en un lugar sin nombre, en tierra de nadie.

Cuando le cuento a Eric estas noticias de mi padre vuelve a sacar el tema de Palestina.

—¿Le has dado más vueltas a la idea de irnos? —pregunta.

Por supuesto que lo he hecho. Sin embargo, aunque el encarcelamiento de mi padre hace que la posibilidad de irnos sea más urgente, también la hace imposible. Nunca podría abandonar a mi familia, nunca podría irme sin despedirme de mi padre.

—¿Por qué crees que han ido por él? —le pregunto a Eric, tratando de encontrar una razón, de hallar coherencia y lógica en algo que no tiene sentido. Quiero gestionar mi impotencia con preguntas que tengan respuesta.

—Es un juego de poder —responde Eric—. Se lo llevaron porque pueden. Porque así demuestran su fuerza y su amenaza.

Mi padre ya ha sobrevivido antes a problemas de ese tipo. Fue hecho prisionero durante la Gran Guerra. Sabrá qué hacer, cómo actuar, cómo sobrevivir. Así me consuelo.

A finales de septiembre, el día que cumplo dieciséis años, me quedo en casa resfriada y Eric viene a nuestro departamento a entregarme dieciséis rosas. Es el gesto más romántico que he recibido nunca. Entierro la cara en las flores, con la cabeza demasiado congestionada para olerlas realmente, pero disfruto del tacto de los suaves pétalos en la cara. Eric aparta las rosas, las coloca a un lado en una mesa y me estrecha contra su pecho. Me apoyo en su dulce corpulencia. Me toma de los hombros y me aparta de él para mirarme a los ojos. Sus labios se acercan a los míos y cierro los ojos para recibir su dulce beso.

Estoy feliz, pero a la vez triste. ¿A qué puedo aferrarme? ¿Qué es lo que perdura?

Al día siguiente le entrego la foto que me tomó Eric a la orilla del río a una amiga. No recuerdo por qué. ¿Para que me la guarde? De algún modo debo de saber que necesitaré que alguien conserve una prueba de mi vida, que necesitaré sembrar pruebas de mí misma a mi alrededor como si fueran semillas.

Eric y yo pasamos el invierno saltándonos clandestinamente el toque de queda, haciendo fila en el cine y eligiendo las butacas en la oscuridad. Vemos una película estadounidense protagonizada por Bette Davis. Posteriormente me entero de que *La extraña pasajera* es el título estadounidense, pero en Hungría se titula *Utazás a múltból* («Viaje al pasado»). Bette Davis interpreta a una hija soltera tiranizada por su controladora madre. Intenta encontrarse a sí misma y su libertad, pero las críticas de su madre la derriban constantemente.

—Es una metáfora —dice Eric de camino al departamento de mi familia—. Un mensaje político. Si la Alemania nazi es la madre, Hungría y el resto de los países europeos son la hija que intenta conseguir la autodeterminación.

Entiendo su argumento. Sin embargo, para mí la película es más personal. Trata de la autoestima. En la madre y la hija veo atisbos de mi madre y de Magda; mi madre, que adora a Eric, pero reprende a Magda por sus citas insustanciales; que me insiste para que coma más, pero se niega a llenarle el plato a Magda; cuya rabia, a pesar de no ir nunca dirigida a mí, me aterroriza de todas formas.

Otra noche vemos *Por quién doblan las campanas,* que trata sobre un combatiente estadounidense en la guerra civil española que se enamora de una guerrillera. La violencia de la película me resulta impactante y emocionante. Es un alivio ver el conflicto de manera física. Ver un levantamiento contra el fascismo. Ver que se puede hacer algo. El personaje de Gary Cooper, Roberto, se cuelga de la parte inferior de un puente para colocar una bomba y frenar una columna de tanques y yo me inclino hacia delante en mi butaca, estrujando la mano de Eric en la oscura sala de cine, con el corazón a mil por hora. Un hombre, una única persona, contra una procesión de carros de combate. Sin embargo, no es solo una historia de guerra. Es una historia de amor. El personaje de Ingrid Bergman, María, también es una guerrillera, con el cabello corto como un chico. Lleva una camisa verde de botones metida por dentro de un overol azul ceñido con un cinturón. Se pasa los dedos por los cortos rizos. «Así es como me peino», dice. Sexi. Segura de sí misma. Es fuerte y brillante y, a pesar de todo, bajo la superficie subyace un profundo y eterno pesar. Sabemos que la hicieron prisionera, que la ataron de las muñecas en una larga fila de mujeres y niñas y la obligaron a ver cómo fusilaban a sus padres delante de ella. Ella también quería que la fusilaran por decir «Viva la República y mi madre y mi padre» y morir, pero tuvo un destino diferente, algo que Roberto no le deja expresar con palabras, algo terrible que solo cuenta con la mirada. Uno de los hombres le dice a Roberto que, cuando María fue rescatada por la guerrilla, le habían rasurado la cabeza. «Parecía un gatito medio ahogado», dice. «Es una mujer muy extraña», añade. «No es de nadie.»

María me fascina, con sus ojos luminosos y la gracia de un duendecillo, su feroz independencia y su habilidad para sobrevivir y, aun así, a pesar de todas las pérdidas y daños que ha sufrido, su capacidad para el amor. Su forma de sumergirse en él. No con la voluptuosa sensualidad de mi hermana. Es una cualidad diferente la que la hace brillar, una autenticidad cautivadora. Nunca finge.

«No sé besar; si no, te besaría», le dice a Roberto. «¿En qué lado se pone la nariz?»

Su primer beso es tan apasionado que el estómago me da un vuelco. Siento el cuerpo de Eric junto al mío, cálido, con los ojos fijos en la pantalla.

De camino a casa está callado, serio.

—No sabemos qué va a pasar —dice.

—No —coincido.

¿Se sentía segura María antes de que su pueblo fuera tomado por el enemigo? ¿Era ajena a la amenaza o consciente de su inminencia? ¿Cuáles fueron las últimas palabras que les dijo a sus padres antes de su muerte?

—Un hombre lucha por lo que cree —dice. Está citando a Roberto en la película.

—Lo que te pase a ti me pasará a mí —respondo. Estoy repitiendo algo que María le dice a Roberto.

Pienso en el título de la película, *Por quién doblan las campanas.* Proviene de la famosa novela de Ernest Hemingway, pero Hemingway tomó las palabras de un poema de John Donne: «La muerte de cualquiera me afecta, porque estoy unido a toda la humanidad; por eso nunca preguntes por quién doblan las campanas; doblan por ti». Todos estamos conectados, toda la raza humana. Todos nos pertenecemos unos a otros. Si tú sufres, yo sufro. Si tú mueres, yo muero. Nuestros destinos están entrelazados. La muerte lo hace evidente. Todos estamos sometidos a los mismos miedos, las mismas dificultades y las mismas privaciones. Sin embargo, estar «unido a toda la humanidad» implica también estar desconcertado por las opciones. Sentirse perdido en la inmensidad. Esforzarse por encontrar el camino, esforzarse por elegir.

Pienso en María, tan segura y convencida de su amor. «Te quiero, Roberto», dice. «Recuérdalo siempre. Te quiero como quise a mi padre y a mi madre, como quiero a nuestros hijos que aún no han nacido, como quiero lo que más quiero en el mundo y más aún. Recuérdalo siempre.»

4
Las cuatro preguntas

El tiempo se va volviendo más cálido lentamente. Mi padre sigue prisionero. No hay cartas ni noticias. El miedo y la desesperación de mi madre proyectan una pesada sombra sobre nuestro hogar. A pesar de todo, nunca lloramos juntas.

Un día vuelvo de casa de mis abuelos en bicicleta. Llevo la falda plisada blanca que me puse en mi primera cita con Eric. Cuando llego a casa veo manchas de sangre en mi falda blanca. Me asusto. Corro en busca de mi madre, llorando. Necesito que me ayude a localizar la herida. Me da una cachetada. Es una tradición húngara darle una cachetada a una chica cuando tiene su primer periodo, pero yo no sé nada de la menstruación. Conozco mi cuerpo lo suficientemente bien como para impulsarlo en el aire y doblarlo hacia atrás haciendo la rueda, pero no sé nada de mis ciclos, mi anatomía o mi condición femenina.

—No te embaraces —dice Magda.

Oigo una advertencia tras su voz burlona. Hay mucho en juego. Hasta mi propio cuerpo podría traicionarme.

En marzo, siete meses después del encarcelamiento de mi padre, vuelvo a casa del colegio y me lo encuentro sentado con mi madre en la mesa de la cocina.

—¡Papá! —grito.

Corro a sus brazos. Me sienta en su regazo como si fuera una niña pequeña y me acaricia la nuca con la nariz. La vida ha vuelto.

Sin embargo, las preguntas acucian.

—¿Qué te obligaron a hacer? —pregunto—. ¿Te volverán a llevar?

—Dicuka —me regaña mi madre—. Está en casa y estamos agradecidos. Déjalo descansar.

—Ilonka —dice mi padre—. Ya no es una niña.

Me levanta de su regazo, me mueve para que me siente en la mesa frente a él y le pide a mi madre que me prepare chocolate caliente. Enciende un cigarrillo. Tiene las manos agrietadas y ásperas; los dedos parecen rígidos.

—Hay cosas que nunca te contaré —dice—. Son mi carga. Soportaré solo mis recuerdos, no te los haré soportar a ti. —Se le quiebra la voz. Da una calada al cigarrillo y exhala; el humo se mezcla con el vapor de mi taza de chocolate—. Lo que sí te diré es que hubo momentos en los que me sentí muy desesperado, en los que la vida parecía tan inútil que deseaba morir.

Mi madre inspira agitada. Le lanza una mirada de advertencia.

—Basta —le dice mi padre, y a continuación se da la vuelta y me mira—. Dicuka —dice—, se está librando una guerra terrible. La amenaza de la muerte está por todas partes. Dan ganas de rendirse. Ahora te digo, y nunca volveré a hablar de ello, que te insisto, te suplico, que cuando las cosas se pongan feas elijas la vida.

Las lágrimas se deslizan por sus mejillas sin rasurar. A continuación apaga el cigarrillo y se levanta.

—Voy a salir un rato —dice.

Asumo que va a ver a sus amigos, sus compañeros de billar, para decirles que ha vuelto, quizá ganar algunas monedas y echar unas risas. No se me ocurre que pueda estar ansioso por ver a alguna otra persona, ni ninguna otra razón para que mi madre baje la cabeza rápidamente, pero no antes de que pueda ver su gesto de dolor.

Un día estoy sentada en la colchoneta azul del estudio de gimnasia, unas semanas después del regreso de mi padre, calentando con unos ejercicios de suelo, tocando con las manos las puntas de los dedos de los pies, flexionando los pies, estirando las piernas, los brazos, el cuello y la espalda. Siento que vuelvo a ser yo. No soy la pequeñita bizca que no se atreve a decir su nombre. No soy la hija que teme por su familia. Soy una artista y una atleta, mi cuerpo es fuerte y flexible. No tengo la belleza de Magda ni la fama de Klara, pero tengo un cuerpo ágil y expresivo, cuya incipiente existencia es lo único que realmente necesito. Mi entrenamiento, mi habilidad…, mi vida está rebosante de posibilidades. Las mejores de mi clase de gimnasia hemos formado un equipo de entrenamiento olímpico. Los Juegos Olímpicos de 1944 se cancelaron a causa de la guerra, pero eso nos concede más tiempo para prepararnos para competir.

Cierro los ojos y estiro hacia delante los brazos y el torso cruzando las piernas. Mi amiga me da un toquecito con el pie, levanto la cabeza y veo a nuestra entrenadora dirigiéndose directamente a mí; la entrenadora cuyo barrio visito, cuya casa intento ver por dentro. La entrenadora a la que prácticamente idolatro.

—Editke —dice mientras se acerca a mi colchoneta—. Ven un momento, por favor.

Sus dedos se deslizan una vez por mi espalda mientras me acompaña al pasillo. La miro con expectación. Tal vez ha notado mis avances en el potro. Tal vez le gustaría que yo dirigiera el equipo en los ejercicios de estiramiento al final de la práctica de hoy. Tal vez quiera invitarme a cenar. Estoy dispuesta a decir que sí antes de que me lo pida.

—No sé cómo decirte esto —empieza. Me examina la cara y luego aparta la mirada hacia la ventana, donde se está poniendo el sol abrasador.

—¿Se trata de mi hermana? —pregunto antes de ser consciente de la terrible imagen que se está formando en mi mente.

Mi madre ha ido a Budapest para ver a Klara dar un concierto y llevarla a casa para pasar la Pascua judía y, mientras mi entrenadora está incómoda junto a mí en el pasillo, incapaz de mirarme a los ojos, tengo miedo de que su tren se haya descarrilado. Es demasiado pronto para que vuelvan a casa, pero esa es la única desgracia que se me ocurre. Incluso en tiempos de guerra, la primera desgracia que me pasa por la cabeza es una mecánica, causada por un error humano, no fruto de la voluntad humana, aunque soy consciente de que algunos de los profesores de Klara, incluidos algunos gentiles, ya han huido de Europa por miedo a lo que está por venir.

—Tu familia está bien. —Su tono no me tranquiliza—. Edith. No lo he decidido yo, pero soy la encargada de decirte que tu plaza en el equipo de preparación para los Juegos Olímpicos será ocupada por otra persona.

Creo que voy a vomitar. Me siento extraña en mi propia piel.

—¿Qué hice? —Repaso mentalmente los rigurosos meses de entrenamiento pensando en qué cosas he hecho mal—. No lo entiendo.

—Mi niña —dice, y ahora sí que me mira fijamente a la cara, lo cual es peor, ya que veo que está llorando y, en ese momento, cuando mis sueños se están haciendo trizas como el papel de periódico en una carnicería, no quiero sentir lástima por ella—. La verdad, simple y llanamente, es que, debido a tus orígenes, ya no eres apta.

Pienso en los chicos que me escupieron y me llamaron sucia judía, en mis amigas judías que dejaron de ir al colegio para evitar el acoso y ahora siguen el curso a través de la radio. «Si alguien te escupe, escúpele tú a él», me enseñó mi padre. «Eso es lo que tienes que hacer.» Me planteo escupir a mi entrenadora. Sin embargo, para contraatacar tendría que aceptar sus devastadoras noticias. No las acepto.

—No soy judía —digo.

—Lo siento, Editke —dice—. Lo siento mucho. Quiero que sigas en el estudio. Me gustaría pedirte que entrenaras a la chica que te sustituirá en el equipo.

Una vez más, sus dedos recorren mi espalda. Dentro de un año mi espalda estará rota exactamente en el mismo sitio que me está acariciando. Dentro de algunas semanas mi vida estará en peligro. Sin embargo, aquí, en la entrada de mi querido estudio, siento que mi vida se acabó.

Los días posteriores a mi expulsión del equipo de preparación para los Juegos Olímpicos no le digo a nadie lo que pasó, ni siquiera a mi familia o a Eric. No quiero preocuparlos ni agobiarlos. En cambio, planeo mi venganza. No será una venganza de odio; será la venganza de la perfección. Le demostraré a mi entrenadora que soy la mejor. La atleta más dotada. La mejor preparadora. Entrenaré a mi sustituta tan meticulosamente que les demostraré el error que han cometido al apartarme del equipo. El día que mi madre y Klara tienen que volver de Budapest avanzo dando volteretas por el pasillo alfombrado de rojo hacia nuestro departamento, imaginando que mi sustituta es mi suplente y yo soy la estrella principal.

Mi madre y Magda están en la cocina. Magda está cortando manzanas para hacer *jaroset.** Mi madre está removiendo la harina para hacer pan ácimo. Trabajan con el ceño fruncido y casi no se dan cuenta de mi llegada. Se pelean continuamente y, cuando no lo hacen, se tratan mutuamente como si estuvieran en una competición. Sus discusiones solían tener siempre que ver con la comida, con mi madre siempre preocupada por el peso de Magda. Sin embargo, ahora el conflicto ha ido escalando hasta convertirse en una hostilidad crónica general.

—¿Dónde está Klarie? —pregunto agarrando nueces cortadas de un tazón.

* Plato tradicional judío que se sirve durante el ritual del Séder de Pésaj. *(N. del T.).*

—En Budapest —dice Magda.

Mi madre golpea su tazón contra la superficie. Quiero preguntarle por qué nuestra hermana no está con nosotros para la fiesta. ¿De verdad que ha preferido la música a nosotros? ¿O es que no la dejaron perderse clases por una fiesta que no celebra ninguno de sus compañeros? Pero no pregunto. Tengo miedo de que mis preguntas hagan estallar la rabia que mi madre está acumulando. Me retiro a la habitación que compartimos mis padres, Magda y yo.

Cualquier otra noche, especialmente si se trataba de una celebración, nos reuniríamos alrededor del piano, el instrumento que Magda llevaba estudiando y tocando desde pequeña, en el que Magda y mi padre se turnarían para interpretarnos cancio nes. Magda y yo no éramos prodigios como Klara, pero sí que teníamos pasiones creativas que nuestros padres reconocían y fomentaban. Después de Magda me tocaría actuar a mí. «¡Baila, Dicuka!», diría mi madre. Y, aunque se tratase más de una orden que de una invitación, disfrutaría de la atención y los elogios de mis padres. Entonces Klara, la atracción principal, tocaría el violín y mi madre se mostraría cautivada. Sin embargo, esta noche no hay música en nuestra casa.

Antes de la cena Magda intenta animarme recordándome cenas de Pascuas pasadas, cuando me metía calcetines en el brasier para impresionar a Klara, para demostrarle que me había convertido en una mujer mientras ella estaba fuera.

—Ahora ya tienes tus propios atributos para ir presumiendo por ahí —dice Magda.

En la mesa continúa con sus payasadas, metiendo los dedos en la copa de vino que, como manda la tradición, hemos preparado para el profeta Elías, que salva a los judíos del peligro.

Cualquier otra noche nuestro padre se habría reído, muy a su pesar. Cualquier otra noche nuestra madre habría puesto fin a las tonterías con un regaño severo. Sin embargo, esta noche nuestro padre está demasiado distraído para darse cuenta y nuestra madre también está demasiado desconsolada por la ausencia de Klara para regañar a Magda. Cuando abrimos la puerta del departamento para que entre el profeta siento un escalofrío que no tiene nada que ver con el frío de la noche. En alguna parte de lo más profundo de mi ser sé hasta qué punto necesitamos protección ahora.

—¿Intentaste en el consulado? —pregunta mi padre. Ya ni siquiera finge dirigir la celebración. Magda es la única capaz de comer—. ¿Ilona?

—Intenté en el consulado —dice mi madre. Es como si mantuviera su parte de la conversación desde otra habitación.

—Cuéntame otra vez lo que te dijo Klara.

—¿Otra vez? —protesta mi madre.

—Sí, otra vez.

Lo cuenta con la mirada perdida, los dedos jugueteando con la servilleta. Klara había llamado a su hotel a las cuatro de la madrugada. Su profesor acababa de contarle que un exprofesor del conservatorio, Béla Bartók, que ahora es un compositor famoso, había llamado desde Estados Unidos con una advertencia: los alemanes de Checoslovaquia y Hungría iban a empezar a apretar el puño; se iban a llevar a los judíos a la mañana siguiente. El profesor de Klara le había prohibido volver a Kassa. Quería que convenciera a mi madre de que se quedara también en Budapest y mandara a buscar al resto de la familia.

—Ilona, ¿por qué volviste a casa? —se lamenta mi padre.

Mi madre clava los ojos en él.

—¿Y qué pasa con todo aquello por lo que hemos trabajado aquí? ¿Lo dejamos y listo? ¿Y si ustedes tres no hubieran conseguido llegar a Budapest? ¿Quieres que tenga que vivir con eso?

No soy consciente de que están aterrorizados. Solamente oigo la culpa y la decepción que se intercambian constantemente mis padres, como la lanzadera de un telar mecánico. «Hiciste esto.» «No hiciste aquello.» «Hiciste esto.» «No hiciste aquello.» Más adelante me enteraré de que no se trata solamente de una de sus peleas habituales, que hay una historia y un resentimiento detrás de esa discusión. Los boletos a Estados Unidos que mi padre rechazó. El funcionario húngaro que le ofreció a mi madre documentos falsos para toda la familia, instándola a huir. Posteriormente nos enteramos de que los dos podrían haber tomado una decisión diferente. Ahora el arrepentimiento los atormenta y tapan su pesar con la culpa.

—¿Podemos hacer las cuatro preguntas? —pregunto para interrumpir la aflicción de mis padres.

Ese es mi cometido en la familia: poner paz entre mis padres y entre Magda y mi madre. No puedo controlar los planes que se están urdiendo al otro lado de la puerta, sean los que sean, pero dentro de casa tengo un papel que desempeñar. Al ser la pequeña me corresponde a mí hacer las cuatro preguntas. Ni siquiera tengo que abrir mi *hagadá;* me sé el texto de memoria.

—¿Por qué esta noche es diferente del resto? —empiezo.

Al final de la cena mi padre rodea la mesa, besándonos a cada una en la cabeza. Está llorando. ¿Por qué esta noche es diferente del resto? Antes del alba lo sabremos.

5

Lo que guardas en la mente

Llegan en la oscuridad. Aporrean la puerta; gritan. ¿Es mi padre quien los deja entrar o entran a la fuerza en nuestro departamento? ¿Son soldados alemanes o cruces flechadas? No encuentro sentido a los ruidos que me despiertan con un sobresalto. Todavía tengo en la boca el sabor del vino de la celebración. Los soldados irrumpen en la habitación diciendo que tenemos que salir de casa y que nos van a reubicar en otro sitio. Nos permiten tomar una maleta para los cuatro. Me da la impresión de que no me encuentro las piernas para levantarme del catre en el que duermo a los pies de la cama de mis padres, pero mi madre pone inmediatamente manos a la obra. Antes de que me dé cuenta está vestida y tomando de lo alto del armario la cajita que sé que contiene el pedazo de saco amniótico que le cubría la cabeza y la cara a Klara cuando nació. Las comadronas acostumbraban a guardar los sacos amnióticos y vendérselos a los marineros como protección contra los ahogamientos. Mi madre no se atreve a meter la caja en la maleta; se la guarda en el bolsillo del abrigo como un amuleto de buena suerte. No sé si lo guarda para proteger a Klara o a todos nosotros.

—Date prisa, Dicu —me apresura—. Levántate. Vístete.

—Total, no es que la ropa te vaya a hacer verte mejor —suspira Magda.

No para nunca de burlarse de mí. ¿Cómo sabré cuándo es momento de tener miedo de verdad?

Mi madre está en la cocina, empacando sobras de comida, ollas y sartenes. De hecho, nos mantendrá con vida durante dos semanas con las provisiones que piensa llevar consigo: un poco de harina y un poco de grasa de pollo. Mi padre camina arriba y abajo por la habitación y la sala, recogiendo libros, candelabros, ropa, guardando cosas. «Trae cobijas», le dice mi madre. Creo que si tuviera un pastelito eso sería lo que se llevaría, aunque solo fuera por la alegría de dármelo después, de ver durante un fugaz segundo la felicidad en mi cara. Gracias a Dios, mi madre es más práctica. Cuando aún era una niña se convirtió en madre de sus hermanos pequeños y les quitó el hambre durante muchas épocas de privación. «A Dios pongo por testigo de que nunca volveré a pasar hambre», me imagino que piensa en este momento mientras hace la maleta. Y, a pesar de todo, quiero que deje los platos y el equipo de supervivencia y vuelva a la habitación a ayudarme a vestirme. O, como mínimo, que me llame. Que me diga qué ponerme. Que me diga que no me preocupe. Que me diga que todo va bien.

Los soldados golpean el suelo con sus botas y tiran al suelo las sillas con sus fusiles. Rápido. Rápido. De repente, me enojo con mi madre. Salvaría a Klara antes que a mí. Preferiría rebuscar en la despensa que darme la mano en la oscuridad. Tendré que encontrar mi propio cariño, mi propia suerte. A pesar del frío reinante en la oscura mañana de abril, me pongo un vestido fino de seda azul, el mismo que me puse en mi cumpleaños, cuando Eric me besó. Toco el plisado con los dedos. Me ajusto el estrecho cinturón de ante azul. Llevaré ese vestido para que sus brazos puedan rodearme de nuevo. Ese vestido hará que siga siendo deseable, me protegerá, estaré preparada para reclamar el amor. Si tiemblo, será una señal de esperanza, un signo de mi confianza en algo más profundo y mejor. Me imagino a Eric y a su familia vistiéndose y afanándose también en la oscuridad. Siento que piensa en mí. Una corriente de energía me recorre el cuerpo desde las orejas hasta los dedos de los pies. Cierro los ojos y me agarro los codos con las manos, dejando que el resplandor de ese destello de amor y esperanza me reconforte.

Pero el desagradable presente se interpone en mi mundo interior.

—¿Dónde están los baños? —le grita a Magda uno de los soldados.

A mi mandona, sarcástica y coqueta hermana la acobarda su mirada. Nunca la he visto atemorizada. Nunca ha perdido la oportunidad de provocar a alguien, de hacer reír a la gente. Las figuras de autoridad nunca han tenido poder sobre ella. En el colegio no se levantaba como era obligatorio cuando un profesor entraba en el salón. «Elefánt»; su profesor de matemáticas, un hombre muy bajo, la regañó un día dirigiéndose a ella por el apellido. Mi hermana se puso de puntillas y lo miró desde arriba. «Oh, ¿está usted ahí?», le dijo. «No lo había visto.» Pero hoy los hombres llevan armas. No hace ningún comentario grosero, ni una réplica rebelde. Señala sumisa al pasillo, hacia la puerta del baño. El soldado la aparta de su camino de un empujón. Lleva un arma. ¿Qué más prueba de poder necesita? Es entonces cuando empiezo a darme cuenta de que las cosas siempre pueden ponerse mucho peor. Que cada instante alberga un potencial para que estalle la violencia. Nunca sabemos cuándo o cómo estallará. Puede que hacer lo que te manden no te salve.

—Fuera. Ahora. Vamos a dar un paseo —dicen los soldados.

Mi madre cierra la maleta y mi padre la carga. Mi madre se abotona el abrigo gris y es la primera en seguir al oficial al mando hasta la calle. Yo soy la siguiente, y luego Magda. Antes de llegar al camión que nos espera junto a la banqueta me doy la vuelta y miro a mi padre salir de casa. Está de pie frente a la puerta, con la maleta en la mano, con aire confundido, como un viajero que se palpa los bolsillos en busca de las llaves a medianoche. Un soldado grita un insulto violento y vuelve a abrir la puerta de una patada.

—Adelante —dice—. Echa una última ojeada. Disfruta.

Mi padre contempla el espacio en la oscuridad. Durante un momento parece desconcertado, como si no pudiera discernir si el soldado fue generoso o cruel. Entonces el soldado le golpea en la rodilla y mi padre avanza cojeando hacia nosotras, hacia el camión en el que hay otras familias esperando.

Estoy atrapada entre el deseo de proteger a mis padres y el pesar por el hecho de que ellos ya no pueden protegerme a mí. «Eric, vayamos donde vayamos, ayúdame a encontrarte. No te olvides de nuestro futuro. No te olvides de nuestro amor», suplico. Magda no dice ni una palabra mientras estamos sentadas la una junto a la otra en los asientos de madera. En mi catálogo de motivos de arrepentimiento este destaca especialmente: no haber tomado a mi hermana de la mano.

Justo cuando está amaneciendo, el camión se detiene junto a la fábrica de ladrillos de Jakab, a las afueras de la ciudad, y nos conducen a su interior. Somos los afortunados; los primeros en llegar conseguimos alojamiento en las estaciones de secado. La mayoría de los casi doce mil judíos que serán encarcelados aquí dormirán sin un techo sobre la cabeza. Todos dormiremos en el suelo. Nos taparemos con nuestros abrigos y tiritaremos por el frío primaveral. Nos taparemos los oídos cuando apaleen a algunos por faltas leves con macanas de goma en el centro del campamento. No hay agua corriente. Las cubetas, que nunca son suficientes, llegan en carros tirados por caballos. Al principio las raciones, combinadas con las tortitas que prepara mi madre con las sobras de comida que trajo de casa, son suficientes para alimentarnos, pero al cabo de unos pocos días las dentelladas del hambre nos atormentan constantemente. Magda ve a su antigua profesora de gimnasia en el barracón de al lado, tratando de cuidar de un niño recién nacido en esas condiciones de falta de comida.

—¿Qué voy a hacer cuando se me acabe la leche? —se lamenta—. Mi bebé no para de llorar.

El campamento está dividido en dos partes, cada una a un lado de una calle. Nuestro lado está ocupado por los judíos de nuestro sector de la ciudad. Nos enteramos de que todos los judíos de Kassa están encerrados aquí, en la fábrica de ladrillos. Nos encontramos con nuestros vecinos, con los de la tienda, con nuestros profesores, con nuestros amigos. Sin embargo, mis abuelos, cuya casa estaba a treinta minutos a pie de nuestro departamento, no están en nuestra zona del campo. Las vallas y los guardias nos separan del otro lado. No se nos permite cruzar. No obstante, le suplico a un guardia y me dice que puedo ir a buscar a mis abuelos. Recorro los barracones sin paredes, repitiendo sus nombres en voz baja. Mientras paso una y otra vez por las filas de familias apiñadas pronuncio también el nombre de Eric. Me digo a mí misma que solo es cuestión de tiempo y perseverancia. Le encontraré o él me encontrará a mí.

No encuentro a mis abuelos. No encuentro a Eric. Pienso en cosas que no importan y, sin embargo, sí que importan: mi muñeca, Pequeña, que se quedó encima de mi cama. Una muñeca no nos serviría de nada en este lugar. De todas las cosas que tuvimos que dejar atrás, sería más lógico añorar comida, cobijas y cosas que podríamos utilizar. Sin embargo, mi solitaria muñequita abandonada me preocupa. Espero que alguna otra niña se la quede, la abrace fuerte y mire cómo parpadean sus ojos verdes.

Una tarde, cuando llegan los carros del agua y la multitud se apresura a recoger una pequeña cubeta, Eric me encuentra, sentada sola, vigilando los abrigos de mi familia. Me besa en la fren te, en las mejillas y en los labios. Toco el cinturón de ante de mi vestido de seda, agradeciéndole haberme traído buena suerte.

Después de eso nos las arreglamos para vernos cada día. A veces especulamos sobre lo que nos sucederá. Corre el rumor de que nos enviarán a un lugar llamado Kenyérmező, un campo de internamiento donde trabajaremos y viviremos durante la guerra con nuestras familias. No sabemos que el rumor lo han difundido la policía húngara y los cruces flechadas para crearnos falsas esperanzas. Después de la guerra montones de cartas de familiares preocupados en ciudades lejanas permanecerán apiladas en oficinas de correos, sin abrir; en la dirección se lee «Kenyérmező». *E*se lugar no existe.

—Palestina —dice Eric.

Antes de llegar a la fábrica de ladrillos esa palabra me causaba tristeza y terror. Una decisión imposible. Ahora, es una palabra esperanzadora. Significa que estamos pensando más allá de las circunstancias actuales, que podemos conjurar una realidad después de la guerra.

—Si conseguimos llegar a Viena —dice—, podremos conseguir algún transporte que nos lleve a Palestina.

—Sí —digo.

Le insto a que siga hablando, a que siga haciendo planes. Quiero estar con él, quiero imaginar nuestra vida futura juntos. Si va a venir algo peor, no lo quiero saber.

Desde dentro de la fábrica de ladrillos podemos oír pasar los tranvías. Están aquí mismo. Qué fácil sería subirse a uno. Sin embargo, a cualquiera que se acerque a la valla exterior se le dispara sin avisar. Una chica solo un poco más joven que yo intenta escapar. Cuelgan su cuerpo en medio del campo a modo de escarmiento. Mis padres no nos dicen a mí ni a Magda ni una palabra sobre su muerte.

—Intenten conseguir un terrón de azúcar —nos dice mi padre—. Consigan un terrón de azúcar y guárdenlo bien. Lleven siempre algo dulce en el bolsillo.

Un día nos enteramos de que a mis abuelos los han sacado de allí en uno de los primeros transportes que han salido de la fábrica. Los veremos en Kenyérmező, pensamos. Le doy a Eric un beso de buenas noches y confío en que sus labios sean eso dulce a lo que recurrir.

Una mañana temprano, cuando llevábamos aproximadamente un mes en la fábrica, nuestra sección del campamento es evacuada. Corro a buscar a alguien que le pueda transmitir un mensaje a Eric. «Basta, Dicu», dice mi madre. Ella y mi padre le han escrito una carta de despedida a Klara, pero no hay forma de enviársela. Veo a mi madre tirarla, veo cómo cae al suelo como si fuera la ceniza de un cigarrillo, la veo desaparecer bajo tres mil pares de pies. La seda del vestido me roza las piernas a medida que avanzamos y nos detenemos una y otra vez. Tres mil personas nos dirigimos hacia las puertas de la fábrica, apretujadas contra una larga fila de camiones que nos esperan. De nuevo nos acurrucamos en la oscuridad. Me pregunto si Eric habrá recibido el mensaje, si sabe que estamos siendo evacuados, si lo volveré a ver y cuándo. De repente oigo mi nombre. Es Eric. Me llama a través de los barrotes del camión. Me abro paso entre la gente en dirección a su voz.

—¡Estoy aquí! —grito mientras el motor arranca.

La separación entre los barrotes es demasiado estrecha para verlo. Viene hasta el camión, con las manos presionando los barrotes de madera que nos separan.

—Editke —dice—. He estado corriendo detrás de todos los camiones gritando tu nombre.

—Me encontraste —digo, e intento meter los dedos entre la minúscula separación que queda entre los barrotes, pero las puntas de mis dedos no lo alcanzan.

—Estamos unidos para toda la vida —dice.

Dentro del camión otras personas también están hablando a través de los barrotes. No puedo ver gran cosa del exterior, pero me imagino a otros recorriendo la fila de camiones arriba y abajo, pronunciando palabras trascendentales.

—Dios decidió que nos conociéramos —digo—. Dios nos unió para que estuviéramos juntos. Nunca nos separaremos. Estaremos juntos mientras vivamos.

Los guardias gritan, obligando a todos los que han salido a que vuelvan a entrar en la fábrica de ladrillos.

—Nunca olvidaré tus ojos —dice Eric—. Nunca olvidaré tus manos.

Sus manos se retiran de los barrotes. En las puntas de los dedos no noto más que el aire fresco.

—Eric —susurro. Lo imagino junto a mí en el oscuro camión, cómo me apoyaría en el pliegue de su brazo, su olor a hierba fresca.

Vuelvo a sentarme con mi familia. Nadie habla. Mi madre se sienta muy recta. «Nunca olvidaré tus ojos. Nunca olvidaré tus manos.» Repito sin cesar las palabras de Eric mientras el camión empieza a moverse. Recorremos una distancia corta y nos detenemos de nuevo.

Un guardia golpea la parte trasera del camión.

—¿Baño? —grita—. Una parada para ir al baño.

—¡Sí! —grito.

—¡Dicu! —exclama mi madre. He roto filas.

Me levanto y me dirijo a la parte trasera del camión. Me sorprenden mis propios actos, como si el cuerpo se moviera por sí solo, separado de la mente. El guardia abre la puerta trasera y salto al exterior. La luz del sol es cegadora al salir de la oscuridad del camión, pero puedo ver que estamos en una estación de tren. El guardia señala al andén, en dirección a los baños.

—Puedes ir —dice—, pero rápido. Va a ser un viaje largo.

¿Pretende intimidarme o se trata de alguna extraña forma de empatía? Corro hacia el baño. ¿Qué pasaría si volviera corriendo a la fábrica de ladrillos? ¿Y si fuera a buscar a Eric? Veo a alguien conocido caminando por el andén: uno de nuestros vecinos, un gentil. Trabaja en la estación de tren. Me ve y me saluda con la mano. Podría pedirle ayuda. Podría pedirle a su familia que me llevara a casa, que me escondiera. Pero mi madre se preocuparía. Me la imagino sentada en tensión dentro del camión, con la cara y los hombros cada vez más rígidos. Termino de usar el baño y vuelvo corriendo al camión. Me siento al lado de mi madre. Suspira profundamente.

Al poco rato la puerta del camión se abre y nos dicen que bajemos y subamos a un vagon de tren abarrotado. Me doy cuenta de que casi no oigo los gritos de los oficiales ni a los niños llorando por encima del bálsamo que representa el recuerdo de la voz de Eric. «Si sobrevivo hoy, mañana podré mostrarle mis ojos. Podré mostrarle mis manos», me digo. Respiro al ritmo de esta cantinela. «Si sobrevivo hoy… Si sobrevivo hoy, mañana seré libre.»

El vagón no se parece a ninguno en el que haya estado antes. No es un tren de pasajeros; es para transportar ganado o mercancías. Somos mercancía humana. Vamos centenares de personas en un único vagón. Cada hora parece durar una semana. La incertidumbre hace que los momentos se alarguen. La incertidumbre y el ruido incesante de las ruedas sobre la vía. Hay una hogaza de pan para repartir entre ocho personas. Una cubeta de agua. Una cubeta para los residuos corporales. Huele a sudor y a excrementos. Hay gente que muere durante el trayecto. Todos dormimos erguidos, apoyados contra los miembros de nuestras familias, apartando con los hombros a los muertos. Veo a un padre darle algo a su hija, un bote de pastillas. «Si intentan hacerte algo…», dice. De vez en cuando el tren se detiene y a unas cuantas personas de cada vagón se les ordena salir a recoger agua. Una vez le toca a Magda llevar la cubeta. «Estamos en Polonia», nos dice al volver. Más tarde nos explica por qué lo sabe. Al ir a buscar el agua un hombre que estaba en el campo la saludó a gritos en polaco y en alemán, diciendo el nombre de la ciudad y gesticulando frenéticamente, pasándose el dedo por el cuello. «Solo nos quería asustar», dice Magda.

El tren avanza sin cesar. Magda dice groserías en voz baja. ¿Es mejor sacar fuera los malos pensamientos o tragárselos? Mis padres se desploman a mi lado. No hablan. Nunca los veo tocarse. A mi padre le está saliendo la barba gris. Parece más viejo que su padre y eso me asusta. Le ruego que se rasure. No tengo manera de saber que, de hecho, un aspecto juvenil podría salvarle la vida cuando lleguemos al final del viaje. No es más que una corazonada, una chica que echa de menos al padre que conoce, que desea que vuelva a ser el *bon vivant* que era, el caballeroso coqueto, el donjuán para las damas. No quiero que se convierta en el padre de las pastillas, que murmura a su familia: «Esto es peor que la muerte».

Sin embargo, cuando lo beso en la mejilla y digo: «Papá, rasúrate, por favor», me contesta enojado. «¿Para qué?», dice. «¿Para qué? ¿Para qué?». Me avergüenza haber dicho algo inadecuado y haber hecho que se sienta molesto conmigo. ¿Por qué he dicho algo inadecuado? ¿Por qué he pensado que era mi deber decirle a mi padre lo que tenía que hacer? Recuerdo su rabia cuando perdí el dinero de la inscripción del colegio. Me apoyo en mi madre en busca de consuelo. Me gustaría que mis padres se buscaran mutuamente en lugar de permanecer sentados como desconocidos. Mi madre no habla demasiado, pero tampoco se lamenta. No es que quisiera estar muerta. Simplemente se refugia en su interior.

—Dicuka —me dice una noche en la oscuridad—, escucha. No sabemos adónde nos llevan. No sabemos qué va a pasar. Simplemente recuerda que nadie puede quitarte lo que guardas en la mente.

Me duermo y vuelvo a soñar con Eric. Me despierto otra vez.

Abren la puerta del vagón de ganado y el radiante sol de mayo entra de golpe. Estamos desesperados por salir. Corremos en busca de aire y luz. Prácticamente nos caemos del vagón, tropezando unos con otros con las prisas por bajar. Tras varios días de incesante movimiento del tren, cuesta mantenerse de pie en tierra firme. Tratamos de orientarnos por todos los medios, determinar nuestra ubicación y calmar los nervios y las extremidades. Veo la oscuridad abarrotada dc abrigos de invierno amontonados en una estrecha franja de tierra. Veo un destello blanco en una bufanda o en un bulto en el que alguien lleva sus pertenencias, el amarillo de las estrellas obligatorias. Veo el cartel: ARBEIT MACHT FREI. «El trabajo los hará libres.» Suena música. De repente mi padre se muestra alegre.

—¿Lo ven? —dice—. No puede ser un sitio tan terrible. —Parece que se pondría a bailar en el andén si no estuviera tan abarrotado—. Solo tendremos que trabajar un poco hasta que acabe la guerra.

Los rumores que oímos en la fábrica de ladrillos deben de ser ciertos. Debemos de estar aquí para trabajar. Miro las ondulaciones de los campos cercanos y me imagino el esbelto cuerpo de Eric frente a mí, agachándose para ocuparse de los cultivos. En cambio, lo que veo son líneas horizontales ininterrumpidas: los barrotes de los vagones de ganado, una alambrada interminable, edificaciones bajas. A lo lejos, unos cuantos árboles y chimeneas rompen el paisaje horizontal de ese lugar desolado.

Hombres de uniforme nos empujan. Nadie nos explica nada. Se limitan a gritar instrucciones sencillas. «Aquí.» «Ahí.» Los nazis señalan y empujan. Agrupan a los hombres en una fila separada. Veo a mi padre saludándonos con la mano. Tal vez los envían en primer lugar para reservar sitio para sus familias. Me pregunto dónde dormiremos esta noche. Me pregunto cuándo comeremos. Mi madre, Magda y yo estamos juntas en una larga fila formada por mujeres y niños. Avanzamos muy despacio. Nos acercamos al hombre que, con un movimiento de dedo, como si se tratara de un director de orquesta, decidirá nuestros destinos. Aún no sé que ese hombre es el doctor Josef Mengele, el tristemente célebre Ángel de la Muerte. A medida que avanzamos hacia él no puedo apartar la vista de sus ojos, tan autoritarios y fríos. Al acercarnos veo el destello de unos dientes separados e infantiles cuando sonríe. Su voz es casi amable cuando pregunta si alguien está enfermo y envía a quienes dicen que sí hacia la izquierda.

—Los que tengan más de catorce años y menos de cuarenta se quedan en esta fila —dice otro oficial—. Los que tengan más de cuarenta, a la izquierda.

Una larga fila de ancianos, niños y madres con bebés se desvía hacia la izquierda.

Mi madre me agarra del brazo.

—Abotónate el abrigo —dice—. Ponte derecha.

Tiene el cabello canoso, totalmente gris, desde joven, pero su cara es tan tersa y tiene tan pocas arrugas como la mía. Magda y yo apretujamos a nuestra madre entre las dos. Yo llevo el cabello recogido bajo una pañoleta.

Mi madre me regaña de nuevo para que me ponga derecha.

—Eres una mujer, no una niña —dice.

Pero yo no quiero soltarle la mano. La fila avanza. El doctor Mengele señala. Ahora nos toca a nosotras.

—¿Es tu madre o tu hermana? —me pregunta con el dedo levantado, preparado para señalar nuestro destino.

Me aferro a la mano de mi madre. Magda la abraza por el otro lado. Mi madre podría pasar por mi hermana. Sin embargo, no pienso en qué palabra la protegerá: «madre» o «hermana». No lo pienso en absoluto.

—Mi madre —digo.

El doctor Mengele envía a mi madre a la izquierda. Me dispongo a seguirla. Me agarra del hombro.

—Verás a tu madre muy pronto —dice—. Va a darse un baño.

Nos empuja a Magda y a mí hacia la derecha.

No sabemos qué significa ir a la derecha o a la izquierda. «¿Adónde vamos ahora?», nos preguntamos mutuamente. «¿Qué nos va a pasar?» Nos envían a otra parte del inhóspito campo. Solamente estamos rodeadas de mujeres, la mayoría jóvenes. Algunas parecen alegres, casi embelesadas por el hecho de respirar aire fresco y disfrutar del sol en la piel después del incesante hedor y la oscuridad claustrofóbica del tren. Otras se muerden los labios. El miedo circula entre nosotras, pero la curiosidad también.

Nos detienen frente a más edificios bajos. A nuestro alrededor hay mujeres con uniformes a rayas. Pronto nos enteramos de que son las reclusas encargadas de vigilar al resto, pero todavía no sabemos que somos prisioneras. Me he desabotonado el abrigo bajo el sol implacable y una de las chicas con el uniforme a rayas ve mi vestido de seda. Se dirige a mí ladeando la cabeza.

—¡Mira nada más! —dice en polaco.

Me llena de polvo los zapatos de tacón bajo. Antes de que me dé cuenta de lo que está pasando me agarra los pequeños aretes de coral engarzados en oro, que, siguiendo la costumbre húngara, han estado en mis orejas desde que nací. Da un jalón y siento una punzada aguda. Se guarda los aretes en el bolsillo.

A pesar del dolor físico, estoy desesperada por agradarle. Como siempre, quiero integrarme. Su humillante mirada de desdén me duele más que mis lóbulos desgarrados.

—¿Por qué hiciste eso? —le digo—. Te habría dado los aretes.

—Yo me estaba pudriendo aquí mientras tú estabas libre, ibas al colegio o al teatro —dice.

Me pregunto cuánto tiempo lleva allí. Es delgada, pero recia. Va erguida. Podría ser bailarina. Me pregunto por qué parece tan enojada por el hecho de que le haya recordado la vida normal.

—¿Cuándo veré a mi madre? —le pregunto—. Me dijeron que la vería pronto.

Me lanza una mirada fría y penetrante. No hay empatía en sus ojos. No hay más que rabia. Señala el humo que sale de una de las chimeneas a lo lejos.

—Tu madre está ardiendo ahí —dice—. Más vale que empieces a hablar de ella en pasado.

6
Bailando en el infierno

Magda mira fijamente la chimenea del tejado del edificio en el que entró nuestra madre. «El alma nunca muere», dice. Mi hermana encuentra palabras de consuelo. Pero yo estoy en *shock*. Estoy paralizada. No puedo pensar en las cosas incomprensibles que están sucediendo y que han sucedido ya. No puedo imaginarme a mi madre consumida por las llamas. No puedo asumir que ya no está. Y no puedo preguntar por qué. Ni siquiera puedo llorar. Ahora no. Sobrevivir al minuto siguiente, a la siguiente respiración, reclamará toda mi atención. Sobreviviré si mi hermana está ahí. Sobreviviré pegándome a ella como si fuera su sombra.

Nos conducen a las regaderas silenciosas pero retumbantes. Nos despojan del cabello. Permanecemos en el exterior, rapadas y desnudas, esperando nuestros uniformes. Las burlas de las *kapos* y de los oficiales de las SS nos acribillan como flechas que nos arañan la piel desnuda y húmeda. Peor que sus palabras son sus ojos. Estoy segura de que el asco con que nos miran podría desgarrarme la piel y partirme las costillas. Su odio es al mismo tiempo posesivo y despectivo, y me revuelve el estómago. Una vez pensé que Eric sería el primer hombre que me vería desnuda. Ahora nunca verá mi carne sin las cicatrices del odio. ¿Me han convertido en algo inferior a un ser humano? ¿Volveré alguna vez a parecerme a la chica que fui? «Nunca olvidaré tus ojos, tus manos.» Tengo que resistir, si no por mí, por Eric.

Me volteo hacia mi hermana, sumida en su propio silencio a causa de la conmoción, que durante todas las caóticas carreras de un sitio a otro, en todas las filas abarrotadas, ha conseguido no separarse de mi lado. Tiembla mientras se pone el sol. Sostiene en las manos los rizos trasquilados, gruesos mechones de su maltratado cabello. Llevamos horas desnudas y se aferra a su cabello como si, al hacerlo, pudiera aferrarse a sí misma y a su humanidad. Está tan cerca de mí que casi nos tocamos y, aun así, la añoro. Magda. La chica segura de sí misma, sexi y bromista. ¿Dónde está? Ella parece hacerse la misma pregunta. Se busca a sí misma en sus deshilvanados mechones de cabello.

Las contradicciones de este lugar me desconciertan. Acabamos de aprender que aquí se asesina de manera eficiente. Sistemática. Sin embargo, parece que no hay un sistema para el reparto de los uniformes que llevamos esperando la mayor parte del día. Los guardias son crueles y severos, pero parece que no hay nadie al mando. La mirada escudriñadora que lanzan a nuestros cuerpos no indica nuestra valía; significa únicamente hasta qué punto hemos sido olvidadas por el mundo. Pero también esto, la espera interminable, la ausencia absoluta de razón, debe de ser parte del plan. ¿Cómo voy a mantenerme firme en un lugar en el que la única estabilidad es la de las alambradas, la muerte, la humillación y el humo que fluye constantemente?

Magda por fin me habla.

—¿Cómo me veo? —pregunta—. Dime la verdad.

¿La verdad? Parece un perro sarnoso. Una desconocida desnuda. No se lo puedo decir, desde luego, pero cualquier mentira sería demasiado dolorosa, así que busco una respuesta imposible, una verdad que no duela. Pienso en María en *Por quién doblan las campanas*, en su encantadora manera de pasarse los dedos por los cortos rizos. «Seis meses más y volverá a crecer», le dijo a Roberto. Contemplo el azul oscuro de los ojos de mi hermana y pienso que, en su caso, el mero hecho de hacer la pregunta «¿Cómo me veo?» es lo más valiente que he oído nunca. Aquí no hay espejos. Me está pidiendo que la ayude a encontrarse y aceptarse a sí misma. De modo que le digo la única verdad que soy capaz de transmitirle.

—Tus ojos son preciosos —le digo a mi hermana.

Nunca me había fijado cuando estaban tapados por todo ese cabello. Es la primera vez que me doy cuenta de que podemos elegir entre prestar atención a lo que hemos perdido o prestar atención a lo que aún tenemos.

—Gracias —susurra.

Las otras cosas que quiero preguntarle y decirle es mejor no verbalizarlas. Las palabras no pueden expresar esta nueva realidad. El abrigo gris sobre los hombros de mamá mientras me apoyo en ella y el tren avanza. La cara de papá cubierta por la sombra. La imposibilidad de recuperar esas horas de hambre y oscuridad. La transformación de mis padres en humo. De los dos. Tengo que asumir que mi padre también está muerto. Estoy a punto de reunir la voz suficiente para preguntarle a Magda si podemos atrevernos a esperar no habernos quedado totalmente huérfanas en el espacio de un día, pero veo que Magda ha dejado caer al suelo polvoriento el cabello que tenía entre los dedos.

Traen los uniformes, grises y mal cortados, hechos de algodón y lana áspera. El cielo está oscureciendo. Nos conducen a los sombríos y primitivos barracones donde dormiremos en literas escalonadas, de seis en seis. Es un alivio entrar en la fea habitación, perder de vista la chimenea que humea incesantemente. La *kapo,* la joven que me robó los aretes, nos asigna las literas y nos explica las reglas. Nadie puede salir por la noche. Hay una cubeta que es nuestro baño nocturno. Con nuestras compañeras de litera, Magda y yo intentamos acostarnos en nuestra tabla en la fila superior. Descubrimos que hay más espacio si alternamos cabezas y pies. Aun así, nadie puede darse la vuelta o cambiar de postura sin desplazar a alguien. Establecemos un sistema para darnos la vuelta juntas coordinando nuestros turnos. La *kapo* entrega un tazón a cada nueva reclusa. «No lo pierdas», advierte. «Si no tienes tazón, no comes.» En el oscuro barracón permanecemos a la espera de la siguiente orden. Reconozco a algunas mujeres y chicas de Kassa, aunque están irreconocibles. Chicas que iban a mi escuela primaria. Recuerdo sus nombres. Lily. Marta. Veo incluso a una de mis antiguas profesoras del colegio. Pero no hablamos. Esperamos instrucciones. Nos hacemos preguntas. ¿Nos darán de comer? ¿Nos enviarán a dormir? Oímos música. Pienso que debo de estar imaginándome el sonido de los vientos y las cuerdas, pero otra reclusa nos explica que hay una orquesta en el campo, dirigida por una violinista de fama mundial. «¡Klara!», pienso. Pero la violinista a la que se refiere es vienesa.

Oímos voces entrecortadas hablando en alemán en el exterior del barracón. La *kapo* se pone firme cuando se abre la puerta. Allí, en el umbral, reconozco al oficial uniformado de la fila de selección. Sé que es él; su forma de sonreír con los labios entreabiertos, la separación entre los dientes delanteros. Nos enteramos de que se trata del doctor Mengele. Es un asesino refinado y amante de las artes. Rastrea los barracones por la noche en busca de reclusas con talento que lo entretengan. Esta noche entra con su comitiva de ayudantes y lanza su mirada como si fuera una red sobre las recién llegadas con los pantalones abombados y el cabello trasquilado. Permanecemos inmóviles, con la espalda pegada a las literas de madera del fondo de la habitación. Nos examina. Magda roza sutilmente mi mano con la suya. El doctor Mengele grita una pregunta y, antes de saber qué está sucediendo, las chicas que están a mi lado, que sabían que yo practicaba danza y gimnasia en Kassa, me empujan hacia delante, cerca del Ángel de la Muerte.

Me examina. No sé dónde poner los ojos. Miro fijamente al frente, hacia la puerta abierta. La orquesta está reunida allí mismo. Permanecen en silencio, esperando órdenes. Me siento como Salomé, obligada a bailar para su padrastro Herodes, despojándose de un velo tras otro para exhibir su carne. ¿La danza le da poder o se lo quita?

—Pequeña bailarina —dice el doctor Mengele—, baila para mí.

Indica a las músicas que empiecen a tocar. La conocida entrada del vals *El Danubio azul* se filtra en la oscura y agobiante habitación. Mengele me mira con los ojos fuera de las órbitas. Tengo suerte. Conozco tan bien la coreografía de *El Danubio azul* que podría bailarla hasta durmiendo. Sin embargo, mis extremidades pesan, como en una pesadilla en la que hay un peligro y no puedes escapar corriendo.

—¡Baila! —ordena de nuevo, y noto que mi cuerpo se empieza a mover.

Primero levanto la pierna. Luego hago la pirueta y el giro. Las aperturas de piernas. Y arriba. Mientras interpreto los pasos, me inclino y giro, puedo oír a Mengele hablando con su ayudante. No aparta los ojos de mí, pero se ocupa de sus asuntos al mismo tiempo. Puedo oír su voz por encima de la música. Habla con el otro oficial sobre cuáles de las cien chicas presentes serán ejecutadas a continuación. Si me equivoco en un paso, si hago algo que le desagrada, podría ser yo. Bailo. Estoy bailando en el infierno. No soporto ver al verdugo mientras decide nuestros destinos. Cierro los ojos. Oigo la voz de mi profesor de *ballet* desde aquel mundo lejano, antes de los barracones, de las chimeneas y de Mengele. «Todo el éxtasis de tu vida saldrá de tu interior.» Nunca entendí qué quería decir. Pero ahora esas palabras vuelven a mí. Me concentro en la coreografía, en mis años de práctica: cada línea y cada curva de mi cuerpo como la sílaba de un verso, mi cuerpo contando una historia. Una chica llega a un baile. Da vueltas emocionada y expectante. Entonces se detiene para reflexionar y observar. ¿Qué pasará en las próximas horas? ¿A quién conocerá? Se vuelve hacia una fuente, con los brazos oscilando hacia arriba y en círculos para abrazar la escena. Se inclina para recoger flores y las lanza una a una a sus admiradores y compañeros de fiesta, arrojándoselas a la gente y repartiendo muestras de amor. Oigo el fragor de los violines. Mi corazón se acelera. En la oscuridad de mi interior oigo las palabras de mi madre, como si estuviera allí, en la desolada habitación, susurrando por debajo de la música. «Recuerda que nadie puede quitarte lo que guardas en la mente.» El doctor Mengele, mis compañeras reclusas muertas de hambre, las desafiantes que sobrevivirán y las que pronto estarán muertas, incluso mi querida hermana, desaparecen y el único mundo que existe es el que hay en mi cabeza. *El Danubio azul* se va apagando y ahora oigo *Romeo y Julieta* de Chaikovski. El suelo del barracón se transforma en el escenario de la ópera de Budapest. Bailo para mis admiradores del público. Bailo bajo el resplandor de los focos. Bailo para mi amante, Romeo, mientras me eleva por encima del escenario. Bailo por el amor. Bailo por la vida.

Mientras bailo me invade un sentimiento estremecedor. Veo que el doctor Mengele, el asesino consumado que mató a mi madre esa misma mañana, da más pena que yo. En mi mente yo soy libre, cosa que él nunca podrá ser. Tendrá que vivir siempre con lo que ha hecho. Es más prisionero que yo. Cuando finalizo la coreografía con una última y elegante apertura de piernas rezo, pero no rezo por mí. Rezo por él. Rezo, por su bien, para que no tenga necesidad de matarme.

Debe de impresionarle mi actuación, porque me lanza una hogaza de pan; un gesto que acabará salvándome la vida. Cuando la tarde se convierte en noche comparto el pan con Magda y nuestras compañeras de litera. Doy gracias por tener pan. Doy gracias por estar viva.

Durante las primeras semanas en Auschwitz aprendo las reglas de supervivencia. Si puedes robarles a los guardias un pedazo de pan, eres una heroína, pero si se lo robas a otra reclusa estás acabada y mueres; la rivalidad y la dominación no conducen a nada. El juego consiste en cooperar; sobrevivir consiste en trascender tus propias necesidades y comprometerte con algo o con alguien ajeno a ti. Para mí ese alguien es Magda. Ese algo es la esperanza de volver a ver a Eric mañana, cuando sea libre.

Nos levantamos a las cuatro de la mañana para el *Appell,* el recuento, y permanecemos de pie en la oscuridad helada para que pasen lista y nos cuenten antes de que se nos asignen nuestras tareas del día. Los guardias dicen que si no te sientes bien te puedes quedar en el barracón y te llevarán al hospital, pero nos enteramos de que no hay ningún hospital. Si te quedas, nadie te vuelve a ver. Si no te sientes bien, finge que estás perfectamente. Ignora el frío, el hambre, el dolor, todo lo que te hace estar mal. Mantente firme y que te cuenten. Ve a trabajar.

A menudo, cuando vamos al trabajo, veo al Ángel de la Muerte dirigiendo el proceso de selección, dando la bienvenida a los recién llegados. Lo odio. Mató a mi madre. Su dedo emite muerte. Su existencia me llena de un miedo paralizador. Y, sin embargo, me salvó la vida. Ya van dos veces que me ha dejado vivir. La persona que ha causado mi mayor pérdida, la que nos provoca a diario un miedo constante, es también la persona responsable de mi vida. Qué raro sentir gratitud al mismo tiempo que rabia y terror.

La mayoría de los días me asignan trabajar en un almacén llamado Canadá, donde se nos ordena clasificar las pertenencias de los nuevos reclusos. A veces Magda trabaja allí conmigo, abriendo equipajes polvorientos, tocando las cosas que formaban parte de la vida de cientos y miles de desconocidos. Ropa, fotografías, preciados recuerdos familiares; lo práctico y lo sagrado todo revuelto y en montones. Me pregunto dónde está nuestra maleta, la maleta que hizo mi madre a toda prisa para ir a la fábrica de ladrillos. Me pregunto si la reconocería ahora, o si los objetos que contenía me parecerían los restos de la vida de unos desconocidos. En cierto modo, las personas que éramos hace tan solo unas semanas se han convertido en desconocidas. Ahora no nos reconocerían ni por casualidad, con la cara demacrada por la escasez de comida y el miedo constante. ¿Sigue vivo mi padre? No se lo puedo preguntar a Magda. No puedo formular con palabras esta pregunta imposible de responder.

Por muy horrible y extraño que sea revolver los restos de vidas truncadas, trabajar en Canadá es un trabajo codiciado. Estamos bajo techo. Nos permiten beber agua durante el día. Algunos de los guardias son incluso amables y nos hablan como a seres humanos, no como a desechos inmundos. A veces encontramos comida oculta en los equipajes: queso seco, pan duro. A Alemania no le sirve de nada la comida rancia, así que los guardias giran la cabeza mientras recogemos las migajas de alimentos de personas que podrían estar ya muertas.

En Auschwitz hay trabajos peores. Algunos días trabajamos en los crematorios, sacando dientes de oro, cabello y piel de los cadáveres que están a la espera de ser incinerados. La primera vez que nos obligan a extraer dientes de cadáveres Lily vomita. Le froto la espalda. Le seco la cara con el dobladillo de mi vestido.

—Ve a otro sitio de tu mente —le digo—. No dejes que esto te infecte.

Así es como sobrevivimos; así es como bailamos en el infierno: usamos el don de nuestra mente. Cuando estamos tristes cantamos canciones de amor francesas. Cuando nos morimos de hambre nos damos un atracón. Cocinamos en nuestra cabeza. Preparamos banquetes elaborados, discutiendo acerca de cuánta paprika hay que echarle al *paprikash* húngaro o cómo hacer el mejor pastel de chocolate de siete capas. Mientras limpiamos los barracones una y otra y otra vez, mientras marchamos, mientras rebuscamos entre los equipajes y los cadáveres, hablamos como si estuviéramos yendo al mercado, planeando el menú semanal, viendo si las frutas y las verduras están maduras. Nos damos clases de cocina unas a otras. Así se hacen los *palacsinta,* las crepas húngaras. Qué tan fina tiene que estar la pasta. Cuánto azúcar hay que echar. Cuántos frutos secos. ¿Le pones comino al *székely gulyás?* ¿Le pones dos cebollas? No, tres. No, solo una y media. Se nos hace la boca agua con nuestros platos imaginarios y, mientras comemos el rancho real (sopa aguada y un pedazo de pan rancio) hablo del pato que mi madre crio en el desván, alimentándolo cada día con maíz para que se le hinchara el hígado cada vez más, hasta que llegó el día de matarlo para convertir su hígado en paté. Y, por la noche, cuando nos desplomamos en nuestras literas y por fin nos dormimos, también soñamos con comida. El reloj del pueblo da las diez de la mañana y mi padre entra sigilosamente en nuestro departamento con un paquete de la carnicería de enfrente. Hoy toca un trozo de cerdo oculto en papel de periódico. «Dicuka, ven a probarlo», me tienta. «Vaya ejemplo, darle cerdo a una chica judía…», rezonga mi madre. Pero casi sonríe. Está preparando *strudel,* estirando el hojaldre sobre la mesa de la cocina, trabajándolo con las manos y soplando por debajo hasta que queda fino como el papel.

El sabor intenso de los pimientos y las cerezas del *strudel* de mi madre; sus huevos rellenos; la pasta cortada a mano tan rápido que me daba miedo que se llevara un dedo; especialmente el *challah,* nuestro pan de la noche de los viernes. Para mi madre la comida tenía tanto que ver con el arte de elaborarla como con el hecho de disfrutar del plato acabado. En los barracones también somos artistas, siempre inmersas en el proceso creativo. Lo que elaboramos en la mente es un sustento en sí mismo.

Nuestra imaginación va en aumento; nuestro cuerpo mengua.

Se nos retira el periodo. Marta cree que es debido a la desnutrición. Magda cree que nos están drogando. Pienso en las manchas rojas en mi falda blanca, en el susto por la cachetada de mi madre. Qué insignificantes parecen ahora esas sorpresas. No sé si el dolor es más fuerte cuando pienso en mi madre o cuando no lo hago. En cambio, pienso en Eric. La luz del sol iluminándole el cabello, sus manos en mi cintura.

Una noche me despierto con cólicos abdominales y la imperiosa necesidad de vaciar los intestinos. No se nos permite salir de los barracones por la noche. Sin embargo, me da vergüenza sentarme en cuclillas en la cubeta en la oscuridad. Me da miedo que se derrame. No quiero que Magda me vea, que se preocupe de que esté enferma. Salgo corriendo hacia la letrina. Casi no llego a tiempo. Lloro de alivio. Lloro de dolor. Yo era fuerte. Hacía las aperturas de piernas y trepaba por la cuerda hasta el techo. ¿Volveré algún día a ser esa persona? ¿O mi cuerpo me seguirá traicionando como demostración de que he cambiado, que soy débil, que soy menos de lo que era?

Vuelvo al barracón bajo la luz de la luna. Una voz dura corta el silencio.

—*Halt!*

Es la *kapo* polaca que me arrancó los aretes el día de nuestra llegada.

—Has incumplido las reglas —dice—. Serás castigada.

Me obliga a colocarme contra el barracón, con las manos en la fría pared. Me azota en la espalda con algún tipo de cinturón o de cuerda. Parece una correa de perro. La humillación duele más que el latigazo. Para ella no soy nada. Soy peor que nadie. Magda se despierta cuando vuelvo a subir a la litera con la espalda ardiendo.

—¿Dónde estabas, Dicu? —pregunta con preocupación en la voz.

—En ningún sitio —digo.

Parece la verdad. Parece una huida. No soy nadie. No estoy en ningún sitio.

A Magda nunca le cuento lo sucedido con la *kapo,* pero noto que durante los días siguientes me observa con más atención. Cuando nos asignan puestos de trabajo diferentes no se separa de mí ni un momento durante la cena, ansiosa por escuchar mis palabras y recibir mi atención. Si desaparezco, no sobrevivirá. Me obligo a mostrarme alegre, a reservar un pedazo del pan duro que nos sirven cada noche para compartirlo con ella por la mañana.

Unas cuantas noches después de la paliza organizamos un concurso de belleza en el barracón antes de dormir. La idea es de Esther. Es una mujer casada, un poco mayor que Magda, que duerme en la litera adyacente a la nuestra. Lily y Marta se apuntan, y también Zsuzsi, la chica rica cuya familia era la propietaria de los huertos de cerezos donde mi madre nos llevaba a recoger fruta en verano. Desfilamos con nuestros vestidos grises y sin forma y nuestra ropa interior raída. Hay un dicho húngaro que dice que la belleza está en los hombros. Nadie es capaz de posar como Magda. Ella gana el concurso, pero nadie tiene ganas de dormir.

—Hagamos un concurso mejor —dice Magda—. ¿Quién es la que tiene los mejores pechos?

Nos desnudamos en la oscuridad y nos ponemos a desfilar luciendo los pechos. Hace tan solo unos meses me ejercitaba durante más de cinco horas al día en el estudio. Le pedía a mi padre que me golpeara en el estómago para que viera lo fuerte que estaba.

Hasta podía tomarlo en brazos y cargarlo. Ahora estoy con el pecho al aire y congelándome en el barracón. Me obligo a pavonearme en la oscuridad como una modelo. Lily y Marta me siguen. Contoneamos las caderas; nos sumimos en el espectáculo, en la parodia de hacer ver que nos gusta nuestro cuerpo.

Sin embargo, cuando las chicas deciden que soy la ganadora del concurso siento un arrebato de auténtico orgullo. Durante un momento me siento atractiva. Valiosa.

—Mi famosa hermana —dice Magda mientras nos quedamos dormidas.

7

Cuerpos azules

El tiempo parece no tener forma en un campo de exterminio. Los días son innumerables y no se distinguen unos de otros. El panorama, desolador. Las horas pasan sin cesar, pero nada cambia. *Appell.* Trabajo. Sopa. Humo. Pasan las semanas y los meses y el tiempo se vuelve frío. Nos entregan unos abrigos viejos. Los guardias nos arrojan los abrigos aleatoriamente, sin prestar atención a las tallas. De nosotras depende encontrar el que mejor nos quede y luchar por él. Magda tiene suerte. Le toca un abrigo grueso y caliente, largo y pesado, con botones hasta el cuello. Muy caliente y muy codiciado. Sin embargo, lo cambia inmediatamente. El abrigo que elige en su lugar es una prenda pequeña y ligera, que apenas le llega a las rodillas y deja a la vista gran parte del pecho. La rabia me corroe. ¿En qué está pensando? ¿No quiere sobrevivir? ¿No vale la pena sobrevivir por mí? Sin embargo, cuando veo a Magda pavonearse y arreglarse con su abrigo nuevo me doy cuenta de que, para ella, traer puesto algo sexi es una herramienta de supervivencia más importante que mantenerse caliente. Sentirse atractiva le proporciona algo en su interior, una sensación de dignidad que le resulta más valiosa que el bienestar físico.

Observo a mis compañeras reclusas. Veo que muchas de las chicas son como Magda y tratan de conjurar un mundo interior, un refugio, incluso cuando tienen los ojos abiertos. Una chica de nuestro barracón logró guardar de algún modo una foto en la que todavía aparece con el cabello largo. No sé dónde guarda la foto, pero la veo sostenerla a veces, mirándose a sí misma, como si ese vestigio de su vida anterior pudiera recordarle quién es en realidad, asegurarle que esa persona todavía existe.

Otra chica encuentra un fragmento de un espejo en la letrina. Quizá alguien lo birló de Canadá y lo dejó donde las demás pudieran utilizarlo. Esa chica sostiene el pedazo de espejo delante de la cara, habla con su imagen reflejada en el cristal, ladeando la cabeza, transformándose, transportándose. Es María Antonieta llegando a la corte francesa, asumiendo su destino como la siguiente y la última reina de Francia. Es impostura. Y es esperanza.

Me doy cuenta de que yo también soy capaz de fantasear, que puedo soñar sin límites. Las fantasías colectivas (las comidas, los festines, los banquetes) nos sirven de sustento. Las privadas, también. Mis fantasías siempre tienen que ver con Eric. Estoy sentada en la terraza de un café en Košice después de la guerra. Tengo el cabello largo. Traigo puesto un vestido de seda verde y zapatos de tacón con tiras en los tobillos, estoy tomando café y leyendo un libro de filosofía, sumida en mis pensamientos.

«Editke», dice una voz que me saca de mis ideas abstractas y me devuelve al cálido sol y al mundo luminoso.

Lo siento en el cuerpo antes incluso de confirmarlo con la vista. Una emoción que hace que me levante de la silla, que me dirija hacia el hombre que pronunció mi nombre con tanta ternura y respeto. Con tanto amor. Estoy en sus brazos. Me levanta del suelo. Entierro la cara en su cuello. Me baja de nuevo para poder tomarme la cara con las manos.

«Lo conseguimos», dice. Sus ojos verdes están rebosantes de lágrimas de alegría.

A continuación, un beso. Tan cálido, tan amoroso y apasionado, con sus manos presionándome la parte baja de la espalda y mi cuerpo derritiéndose entre sus brazos.

Nos reímos cuando nos damos cuenta de que sigo sosteniendo el libro, marcando la página con un dedo. Me quita el libro y lo cierra. «Ven a casa conmigo», dice. Ahora nada puede impedir que estemos juntos. Le tomo la mano mientras caminamos a lo largo del parque que atraviesa la avenida principal. Oigo el canto de los pájaros y a niños jugando. Mi fantasía nos lleva a la puerta de su casa, a las escaleras de su luminoso y amplio departamento, al sofá de la sala, donde me coloca en su regazo. Mi fantasía nos lleva incluso hasta su habitación.

Pero entonces me quedo bloqueada. ¿Qué se hace en la habitación? Besarse y desnudarse, pero ¿qué más? Puedo hacer muchas cosas con el cuerpo, pero las posturas y la coreografía del amor se escapan de mi imaginación. Necesito información.

Esther, la joven que duerme en la litera contigua a la mía, estaba casada antes de la guerra. Acudo a ella en busca de detalles. Pero mi vocabulario es escaso.

—¿Cómo es entregarse a un hombre? —le pregunto una noche.

—¿Te refieres al matrimonio? —pregunta—. ¿O al sexo?

Sé que Magda y las otras chicas deben de estar escuchando.

—Al matrimonio —digo, pero me refiero a las dos cosas.

Alguien ríe nerviosamente en la oscuridad.

—Sexo —dice otra—. Cuéntanos sobre el sexo.

—Bueno —dice Esther, bajando la voz hasta que se convierte en un susurro ronco—. El cuerpo de un hombre es diferente del nuestro. Tiene una cosa, una parte que le cuelga entre las piernas. Cuando está lleno de deseo se pone dura. Te la mete dentro.

—Mmm —finge gemir otra chica.

Me siento indignada. Para mí no es ninguna broma. Se trata de conocer los detalles necesarios para mantener viva la esperanza, para soñar con un futuro en el que no haya miedo y hambre y viva el amor.

—El sitio en el que la mete, ¿es el sitio que se abre para que salgan los bebés?

—Sí —dice.

Todo el barracón estalla en carcajadas. Yo no me inmuto.

—¿Y es agradable? —pregunto.

—Oh, sí —dice—. Es… —Se calla, quizá buscando la palabra adecuada, o quizá sumida en sus propias fantasías.

Contengo la respiración, esperando a que continúe.

—No existe sensación mejor —dice por fin—. Y luego es maravilloso quedarte dormida sobre su pecho.

En su suspiro oigo el eco de algo hermoso, indemne a la pérdida. Veo el matrimonio no como lo vivieron mis padres, sino como algo luminoso. Siento pasión y placer y pertenencia diaria. Amor, todo amor.

En mi mente puedo tenerlo todo.

Hago todo lo posible por enfocar la mente hacia la esperanza, pero la vida real se interpone en mi camino. En Auschwitz nos envían cada día a las regaderas y cada baño está cargado de incertidumbre. Nunca sabemos si de la llave saldrá agua o gas. Un día, cuando noto el agua cayendo sobre nosotras, dejo escapar un suspiro de alivio. Me froto el jabón grasiento sobre el cuerpo. Todavía no estoy en los huesos. Aquí, en el silencio que sigue al miedo, puedo reconocerme. Mis brazos, mis muslos y mi estómago aún siguen tensos con mis músculos de bailarina. Me sumerjo en una fantasía con Eric. Ahora somos estudiantes universitarios y vivimos en Budapest. Vamos con nuestros libros a estudiar a un café. Sus ojos se apartan de la página y viajan hasta mi cara. Siento cómo se detiene en mis ojos y en mis labios. Justo cuando me imagino levantando la cara para recibir un beso me doy cuenta de lo silencioso que está el baño. Siento un escalofrío en el estómago. El hombre al que temo más que a nadie está en la puerta. El Ángel de la Muerte me está mirando directamente. Miro al suelo fijamente, esperando que las otras vuelvan a respirar y así saber que se ha ido. Pero no se va.

—¡Tú! —me llama—. Mi pequeña bailarina.

Intento oír la voz de Eric más fuerte que la de Mengele. «Nunca olvidaré tus ojos. Nunca olvidaré tus manos.»

—Ven —ordena.

Hago lo que me dice. ¿Qué otra cosa puedo hacer? Avanzo hacia los botones de su abrigo, evitando los ojos de mis compañeras reclusas, porque no puedo soportar la idea de ver mi miedo reflejado en ellas. «Respira, respira», me digo. Me conduce, desnuda y mojada, por un pasillo hasta un despacho con un escritorio y una silla. El agua se desliza por mi cuerpo hasta el frío suelo. Él se apoya en el escritorio y me mira detenidamente, tomándose su tiempo. Estoy demasiado aterrorizada para pensar, pero pequeños impulsos recorren mi cuerpo como actos reflejos. Darle una patada. Una patada en la cara. Tirarme al suelo hecha bola y quedarme así. Espero que, sea lo que sea lo que planee hacerme, acabe pronto.

—Acércate —dice.

Me coloco frente a él mientras avanzo poco a poco, pero no lo veo. Me concentro únicamente en mi parte viva, en el «sí puedo, sí puedo». Siento su cuerpo mientras me acerco a él. Un olor a mentol. El gusto de la hojalata en mi lengua. Mientras tiemble sé que estoy viva. Manipula sus botones con los dedos. «Sí puedo, sí puedo.»

Pienso en mi mamá y en su cabello tan tan largo. En cómo se lo recogía en la parte superior de la cabeza y se lo soltaba como una cortina por la noche. Estoy desnuda con su asesino, pero él nunca podrá llevársela. Cuando estoy lo suficientemente cerca de él como para que pueda tocarme con unos dedos que estoy decidida a no sentir suena un teléfono en otra habitación. Se sobresalta. Vuelve a abotonarse el abrigo.

—No te muevas —ordena mientras abre la puerta.

Lo oigo descolgar el teléfono en la habitación de al lado, con voz neutra y cortante. No tomo una decisión consciente. Me echo a correr. Lo siguiente que sé es que estoy sentada al lado de mi hermana devorando el cucharón diario de sopa, los trocitos de cáscara de papa que flotan como costras en el caldo aguado. El miedo a que me encuentre de nuevo y me castigue, a que acabe lo que empezó, a que decida que me ejecuten, nunca me abandona. Nunca desaparece. No sé qué pasará después. Sin embargo, de momento, me mantengo viva por dentro. «Sobreviví hoy», insisto en mi cabeza. «Sobreviví hoy. Mañana seré libre.»

Podemos elegir qué aprender del horror. Nosotras decidimos cuánto sufrimiento podemos soportar. Hay muchas formas de morir en Auschwitz. De un disparo. De hambre. De enfermedad. Gaseadas. Torturadas. Esas formas las eligen los nazis. Sin embargo, las prisioneras también eligen cuándo están hartas de una vida que no es vida. Dejan de comer, se niegan a salir de la cama por la mañana, se ahorcan, toman veneno, se lanzan contra las vallas electrificadas. A veces, cuando nos levantamos por la mañana o cuando regresamos al barracón después del trabajo, vemos cadáveres, decenas de cadáveres, ardiendo en la valla. Los guardias cortan la electricidad y obligan a reclusas a sacar los cuerpos carbonizados de la alambrada. Trato de pensar que son personas que murieron huyendo. Que lograron la única libertad que podían reclamar. Pero aun así esos cuerpos azules me aterrorizan. Es el final de la línea, al que conduce la desesperación. Es una muerte horrible, angustiosa. Miro a Magda y a las chicas que me rodean en busca de signos de desesperación. Zsuzsi, la chica rica de mi ciudad, empieza a retraerse. Sucede lentamente, a lo largo de varios días. Habla menos y sus ojos parecen apagados. Se muestra lenta a la hora de realizar las actividades rutinarias del campo. Tengo que arrastrarla conmigo, atormentada por la sensación de que no puedo dejarla atrás. Mientras nos dirigimos a Canadá trato de animarla. Le hablo de la recogida de las cerezas y de la mermelada agridulce. Intento pensar en algo divertido que decirle. Me mira inexpresivamente.

Una noche, durante la cena, me doy cuenta de que no prueba la sopa.

—Déjala —dice Magda.

—¿Por qué? ¿Para que te la puedas comer tú? —replico.

Mi rabia me sorprende. Sé que me pasé y que ofendí a mi hermana cuando responde.

—Puede que seas demasiado joven, la niñita de la familia, para saber cuándo eres pesada, para saber cuándo no te necesitan.

Esa noche no puedo dormir. Me cuesta imaginar algo aparte del hambre, el dolor y el miedo. A la mañana siguiente me arrastro hasta la fila para el *Appell,* con los pies pesados y la cabeza como un bombo. Justo cuando me acuerdo de que no he buscado a Zsuzsi, una sombra oscura sale disparada hacia la valla. Es Zsuzsi. Si corro tras ella, me dispararán. Si grito, le dispararán a ella. Los dos caminos conducen a la muerte.

—No mires —susurra Magda.

Pero no puedo. Mis ojos están fijos en Zsuzsi cuando choca contra la valla. Es culpa mía. Estaba demasiado inmersa en mi propio dolor para ver cómo estaba ella cuando nos levantamos. Podría haber hecho o dicho algo, lo sé, podría haber actuado de forma diferente.

—Dicu —me dice Magda aquella noche en la cama—, ella ya había decidido lo que iba a hacer.

—Fui egoísta —digo—. No estaba pensando en ella ni en nadie.

—Si crees que podrías haberle hecho cambiar de opinión, debes de creer que eres Dios —replica Magda.

Trato de oponerme a la verdad de sus palabras. Empiezo a argumentar que yo tengo la culpa o que Dios la tiene, pero mi hermana me estruja la mano.

—Duerme, Dicuka —dice.

Cierro los ojos. Quiero que mi respiración me inunde el estómago y el pecho. Exhalo. Respiro acompasadamente, sintiendo cómo me invade el sueño.

—Si tú estás bien —dice Magda, cuya voz es un suave suspiro—, yo estoy bien.

Siento su calidez a mi lado. Pienso en Eric. «Mañana», me digo. No algún día. No quizá. «Mañana.» La esperanza anida en mi pecho, una sensación al tragar, un sabor dulce en la garganta.

8
Una rueda

Llega el verdadero invierno, la nieve y el frío glacial; nuestros abrigos no pueden hacer frente al viento lacerante. Anna, una chica de mi barracón, tiene tos. Se acuesta en su litera por la noche, con arcadas y falta de aire. Cada mañana espero encontrarla muerta en su litera, y en cada fila de selección tengo miedo de que su tos la delate, que la envíe a la muerte. Pero me sorprende. Cada mañana logra reunir fuerzas para trabajar un día más y conserva una chispa de vida en los ojos cada vez que se enfrenta al dedo de Mengele en la fila de selección. Por la noche se desploma de nuevo en su litera, respirando entrecortadamente.

—¿Cómo sigues resistiendo? —le pregunto una noche.

¿Reza alguna oración? ¿Guarda alguna imagen en su mente? ¿Hay algo que pueda recordarle en caso de que empeore? ¿Algo que pueda servirme para el momento en que Magda o yo caigamos en la deseperación?

—Escuché que nos van a liberar en Navidad —dice.

Lleva un calendario meticuloso en la cabeza, contando los días y las horas que faltan hasta nuestra liberación, decidida a vivir para ser libre.

Una parte de mí quiere prepararla para afrontar la decepción. ¿Qué sabrá ella de la situación de la guerra? No tiene un mapa del frente aliado. Creó una certeza a partir de un rumor. Sin embargo, soy consciente de que la Navidad es su Eric; su cuenta atrás es tan reconfortante y necesaria como mi reencuentro imaginario.

—Mañana —dice en Nochebuena.

—Mañana —repito.

Durante todo el día de Navidad se detiene a escuchar, alza la mirada hasta la valla más lejana, con el aliento formando vaho alrededor de la cabeza y una sonrisa en los labios agrietados. Sin embargo, nuestros liberadores no llegan. A la mañana siguiente Anna está muerta.

Una mañana, poco después de Navidad, estamos otra vez formando una fila. El frío nos atenaza. Van a tatuarnos. Espero mi turno. Me arremango. Coloco el brazo. Respondo automáticamente, realizando los movimientos que se me exigen, con tanto frío y tanta hambre que soy casi insensible. «¿Sabe alguien que estoy aquí?» Antes me lo preguntaba constantemente y ahora la pregunta me viene a la mente poco a poco, como si atravesara una neblina densa y constante. No recuerdo cómo pensaba. Tengo que esforzarme por imaginar a Eric, pero si pienso en él de manera demasiado consciente, no soy capaz de reproducir su cara. Tengo que engañar a mi memoria, atraparme de improviso. «¿Dónde está Magda?» Eso es lo primero que pregunto cuando me despierto, cuando desfilamos al trabajo, antes de caer rendidas por el sueño. Miro rápidamente a mi alrededor para confirmar que aún está detrás de mí. Incluso cuando nuestros ojos no se encuentran sé que ella también me vigila.

El oficial con la aguja y la tinta está ahora delante de mí. Me agarra por la muñeca y empieza a picarme, pero entonces me aparta de un empujón.

—No voy a malgastar tinta contigo —dice, y me empuja a otra fila.

—Esta es la fila de la muerte —me dice la chica que está más cerca de mí—. Es el fin.

Está totalmente gris, como si estuviera cubierta de polvo. Más adelante en la fila, alguien reza. En un lugar en el que la amenaza de la muerte es constante este momento provoca mucha angustia. De repente pienso en la diferencia entre mortal y mortífero. Auschwitz es las dos cosas. Las chimeneas echan humo sin cesar. Cualquier momento puede ser el último. ¿Por qué preocuparse? ¿Por qué invertir? Y, con todo, si este momento, precisamente este, es el último que paso en la Tierra, ¿voy a desperdiciarlo aceptando la derrota con resignación? ¿Debo pasarlo como si ya estuviera muerta?

—Nunca se sabe qué significan las filas —le digo a la chica que está a mi lado.

¿Y si lo desconocido nos hiciera sentir curiosidad en lugar de hacernos estremecer de miedo? Y entonces veo a Magda. La colocaron en una fila diferente. Si me envían a la muerte, si me envían a trabajar, si me evacúan a otro campo como han empezado a hacer con otras… No me importa nada, salvo estar con mi hermana y que ella esté conmigo. Somos de las pocas reclusas afortunadas que aún no hemos sido separadas por completo de nuestra familia. No es exagerado decir que vivo por mi hermana. No es exagerado decir que mi hermana vive por mí. En el patio reina el caos. No sé qué significan las filas. Lo único que sé es que, sea lo que sea lo que me espera, tengo que pasarlo con Magda. Incluso si lo que me espera es la muerte. Miro la franja de nieve endurecida que nos separa. Los guardias nos rodean. No tengo ningún plan. El tiempo pasa despacio y pasa rápido. Magda y yo cruzamos una mirada. Veo sus ojos azules. Y entonces me muevo, hago vueltas de carro, con las manos en el suelo y los pies hacia el cielo, una vuelta tras otra. Un guardia me mira fijamente. Cabeza arriba. Cabeza abajo. Espero un disparo en cualquier momento. Y no quiero morir, pero no puedo parar de dar vueltas una y otra vez. No levanta el arma. ¿Está demasiado sorprendido para dispararme? ¿Estoy demasiado mareada para verlo? Me guiña un ojo. Juro que lo veo guiñarme un ojo. «De acuerdo, esta vez ganas tú», parece decir.

En los escasos segundos en que acaparo su atención, Magda cruza corriendo el patio y se une a mi fila. Nos mezclamos entre la multitud de chicas a la espera de lo que suceda a continuación.

Nos conducen a través del patio helado hasta el andén al que llegamos hace seis meses, donde nos separaron de nuestro padre, donde caminamos a ambos lados de nuestra madre durante los últimos momentos de su vida. Entonces sonaba música; ahora reina el silencio. Si es que el viento es silencio. La corriente constante de frío abrumador, la boca abierta y susurrante de la muerte y el invierno ya no me parecen ruido. Mi cabeza bulle de preguntas y miedo, pero esos pensamientos son tan recurrentes que ya no parecen pensamientos. Siempre es casi el fin.

«Vamos a un lugar a trabajar hasta el final de la guerra», nos dijeron. Si pudieramos escuchar las noticias, aunque fuera tan solo durante dos minutos, sabríamos que la propia guerra podría ser la próxima baja. Mientras esperamos para subir por la estrecha rampa al vagón de ganado no tenemos forma de saber que los rusos se están acercando a Polonia por un lado y los estadounidenses por el otro. Los nazis están evacuando Auschwitz poco a poco. Los reclusos que dejamos atrás, los que puedan sobrevivir un mes más en Auschwitz, pronto serán liberados. Nos sentamos en la oscuridad, esperando a que el tren arranque. Un soldado integrante de la Wehrmacht, el ejército alemán, no de las fuerzas de las SS del Partido Nazi, mete la cabeza por la puerta y se dirige a nosotras en húngaro.

—Tienen que comer —dice—. Hagan lo que hagan, recuerden que tienen que comer, porque puede que sean liberadas, quizá dentro de poco.

¿Nos está dando esperanzas? ¿O es una falsa promesa? ¿Una mentira? ¿Es este soldado como los cruces flechadas de la fábrica de ladrillos y está sembrando rumores con una voz autorizada para acallar lo que en el fondo ya sabemos? ¿Quién le recuerda a una persona muerta de hambre que tiene que comer?

Sin embargo, incluso en la oscuridad del vagón de ganado, con su cara recortándose contra kilómetros de vallas y kilómetros de nieve, noto que hay bondad en sus ojos. Qué extraño que la bondad parezca ahora un espejismo.

Pierdo la noción del tiempo que pasamos en movimiento. Duermo apoyada en el hombro de Magda y ella en el mío. De repente me despierta la voz de mi hermana. Está hablando con alguien que no distingo en la oscuridad. «Es mi profesora», me dice. La de la fábrica de ladrillos, la que tenía un bebé que lloraba sin parar. En Auschwitz todas las mujeres con niños pequeños eran gaseadas inmediatamente. El hecho de que siga viva solo puede significar una cosa: que su bebé murió. ¿Qué es peor?, me pregunto, ¿ser un niño que ha perdido a su madre o ser una madre que ha perdido a su hijo? Cuando las puertas se abren estamos en Alemania.

No somos más de un centenar. Nos alojan en lo que debe de ser un campamento de verano infantil, con literas y una cocina en la que, con escasas provisiones, preparamos nuestra propia comida.

Por la mañana nos envían a trabajar a una fábrica de hilos. Llevamos guantes de cuero. Paramos las bobinas de la máquina hiladora para evitar que los hilos se enreden. Incluso con guantes, las bobinas nos cortan las manos. La antigua profesora de Magda se sienta a su lado en una bobina. Llora desconsoladamente. Creo que es porque las manos le sangran y le duelen. Pero llora por Magda.

—Necesitas las manos —gime—. Tú tocas el piano. ¿Qué vas a hacer sin manos?

La capataz alemana que supervisa nuestro trabajo le ordena que se calle.

—Tienen suerte de estar trabajando —dice—. Pronto las matarán.

Aquella noche, en la cocina, preparamos la cena vigiladas por guardias.

—Escapamos de la cámara de gas —dice Magda—, pero moriremos haciendo hilos.

Tiene gracia porque *estamos* vivas. Puede que no sobrevivamos a la guerra, pero hemos sobrevivido a Auschwitz. Pelo papas para la cena. Demasiado acostumbrada a raciones para morirse de hambre, soy incapaz de desperdiciar el más mínimo resto de comida. Escondo las cáscaras de papa en mi ropa interior. Cuando los guardias están en otra habitación tuesto las cáscaras en el horno. Cuando nos las llevamos ansiosamente a la boca con las manos adoloridas están demasiado calientes para poderlas comer.

—Escapamos de la cámara de gas, pero moriremos comiendo cáscaras de papa —dice alguien, y la risa brota de un lugar tan profundo que no sabíamos que aún existía.

Reímos, como yo reía cada semana en Auschwitz cuando nos obligaban a donar sangre para los soldados alemanes heridos. Me sentaba con la aguja en el brazo y reía para mis adentros. «¡Buena suerte si quieres ganar una guerra con mi sangre de bailarina pacifista!», pensaba. No podía apartar el brazo o me habrían disparado. No podía enfrentarme a mis opresores con un arma o con los puños, pero sí podía encontrar la manera de ejercer mi poder. Y ahora el poder está en nuestra risa. Nuestra camaradería, nuestra alegría, me recuerda a la de aquella noche en Auschwitz, cuando gané el concurso de pechos. Nuestras palabras nos sirven de sustento.

—¿Cuál es el mejor país? —pregunta una chica llamada Hava.

Debatimos, cantando las alabanzas de nuestras patrias.

—No hay ningún sitio tan bonito como Yugoslavia —insiste Hava.

Pero se trata de una competición en la que es imposible vencer. La patria ya no es un lugar, ni un país. Es un sentimiento, tan universal como específico. Si hablamos demasiado de él, nos arriesgamos a que se desvanezca.

Después de unas cuantas semanas en la fábrica de hilos los oficiales de las SS vienen a buscarnos una mañana con uniformes a rayas para sustituir a los grises. Nos subimos a otro tren. Sin embargo, esta vez nos obligan a sentarnos en el techo de los vagones con nuestros uniformes rayados, como escudos humanos para evitar que los británicos bombardeen el tren. Transporta munición.

—De los hilos a las balas —dice alguien.

—Señoras, nos concedieron un ascenso —dice Magda.

El viento en el techo del vagón es agobiante, extenuante. Pero al menos con tanto frío no siento hambre. ¿De qué preferiría morir, de frío o por el fuego? ¿Por el gas o por las balas? Todo sucede de repente. Aunque haya prisioneros en el techo del tren, los británicos nos lanzan bombas que silban y estallan. Humo. Gritos. El tren se detiene y salto. Soy la primera en bajar. Subo corriendo la colina nevada por donde transcurren las vías en dirección a un grupo de árboles escuálidos, desde donde me detengo a escudriñar la nieve en busca de mi hermana y a recuperar el aliento. Magda no está allí, entre los árboles. No la veo correr desde el tren. Las bombas silban y estallan en las vías. Veo una pila de cadáveres al lado del tren. Magda.

Tengo que decidir. Puedo echarme a correr. Escapar por el bosque. Buscarme la vida. La libertad está ahí cerca, es cuestión de unos cuantos pasos. Sin embargo, si Magda está viva y la abandono, ¿quién le dará pan? ¿Y si está muerta? Todo pasa en un segundo, como el movimiento del obturador de una cámara. Clic: bosque. Clic: vías. Me echo a correr colina abajo.

Magda está sentada en la cuneta, con una chica muerta en su regazo. Es Hava. A Magda le sale sangre de la barbilla. En un vagón cercano, unos hombres están comiendo. También son prisioneros, pero no como nosotras. Llevan ropa de civil, no uniformes. Y tienen comida. Presos políticos alemanes, suponemos. En cualquier caso, son más privilegiados que nosotras. Están comiendo. Hava está muerta y mi hermana vive y en lo único que puedo pensar es en comida. Magda, la guapa, está sangrando.

—Ahora que hay posibilidad de pedir algo de comida y tú con este aspecto —le reprocho—. Estás demasiado hecha polvo para coquetear.

Mientras pueda enojarme con ella me libro de sentir miedo y dolor por lo que estuvo a punto de pasar. En lugar de alegrarnos y dar gracias por estar vivas las dos, por haber sobrevivido a otro momento fatal, estoy furiosa con mi hermana. Estoy furiosa con Dios, con el destino, pero dirijo mi confusión y mi dolor contra la cara ensangrentada de mi hermana.

Magda no responde a mi afrenta. No se limpia la sangre. Los guardias nos rodean, gritándonos, picando los cadáveres con sus armas para asegurarse de que las que no se mueven están realmente muertas. Dejamos a Hava en la sucia nieve y nos colocamos junto al resto de las supervivientes.

—Podrías haberte ido corriendo —dice Magda.

Lo dice como si yo fuera idiota.

Al cabo de una hora las municiones han sido cargadas de nuevo en otros vagones y estamos otra vez en el techo con nuestros uniformes a rayas. La sangre de la barbilla de Magda se ha secado.

Somos prisioneras y refugiadas. Hace mucho que perdimos la noción del tiempo. Magda es la estrella que me guía. Mientras esté cerca tengo todo lo que necesito. Una mañana nos hacen bajar del tren de las municiones y marchamos en fila durante muchos días. La nieve empieza a fundirse, dejando paso a la hierba muerta. Tal vez caminamos durante semanas. Caen bombas, en ocasiones muy cerca. Vemos ciudades ardiendo. Nos detenemos en pueblos pequeños a lo largo de Alemania mientras avanzamos a veces hacia el sur y a veces hacia el este, y nos obligan a trabajar en fábricas que encontramos a lo largo del camino.

La principal preocupación de los oficiales de las SS es el recuento de las reclusas. Yo no cuento cuántas quedamos. Puede que no las cuente porque sé que cada día el número es más pequeño. No estamos en un campo de exterminio, pero hay muchas maneras de morir. Las cunetas de la carretera son de color rojo por la sangre de aquellas a las que les han disparado por la espalda o en el pecho; aquellas que han intentado huir o que no han podido seguir el ritmo. Algunas chicas tienen las piernas congeladas, completamente congeladas, y se desploman como árboles talados. Agotamiento. Congelación. Fiebre. Hambre. Si los guardias no aprietan el gatillo, el cuerpo lo hace.

Hemos pasado varios días sin comida. Llegamos a la cima de una colina y vemos una granja, construcciones, un redil para el ganado.

—Un minuto —dice Magda.

Corre hacia la granja, serpenteando entre los árboles, con la esperanza de que no la vean los oficiales de las SS que se han parado a fumar.

Observo a Magda zigzaguear hacia la valla del huerto. Es demasiado pronto para que haya verduras, pero comería forraje para vacas. Comería tallos secos. Si una rata pasa correteando por la oscuridad donde dormimos, las chicas se abalanzan sobre ella. Intento no delatar a Magda con la mirada. Aparto la vista y, cuando vuelvo a mirar, ya no la veo. Suena un disparo. Y otro. Alguien ha divisado a mi hermana. Los guardias nos gritan, nos cuentan, sacan las armas. Suenan más disparos. No hay rastro de Magda. «Ayúdame. Ayúdame.» Me doy cuenta de que estoy rezándole a mi madre. Hablo con ella como ella hablaba con el retrato de su madre colocado encima del piano. Lo hacía incluso cuando estaba en labor de parto, según me contó Magda. La noche que nací Magda oyó a nuestra madre gritar: «¡Madre, ayúdame!». Luego Magda oyó el llanto de un bebé (yo) y nuestra madre dijo: «Me ayudaste». Recurrir a los muertos es un derecho que me corresponde por nacimiento. «Madre, ayúdanos», ruego. Veo un destello gris entre los árboles. Magda está viva. Escapó de las balas. Y ahora, de algún modo, evita ser vista. No respiro hasta que Magda está conmigo de nuevo.

—Había papas —dice—. Si esos cabrones no hubieran empezado a disparar, ahora estaríamos comiendo papas.

Me imagino mordiendo una como si fuera una manzana. Ni siquiera perdería tiempo en limpiarla. Me comería la suciedad junto con el almidón y la cáscara.

Vamos a trabajar a una fábrica de munición cerca de la frontera checa. Nos enteramos de que estamos en marzo. Una mañana no puedo salir del banco del cobertizo en el que dormimos. Estoy ardiendo de fiebre, débil y tiritando.

—Levántate, Dicuka —me ordena Magda—. No puedes enfermarte.

En Auschwitz, a las que no podían trabajar les decían que las iban a llevar a un hospital, pero luego desaparecían. ¿Por qué ahora iba a ser diferente? Aquí no hay infraestructuras para matar, no hay tuberías ni ladrillos colocados para tal efecto. Sin embargo, una sola bala te mata igual. Aun así, no puedo levantarme. Oigo mi propia voz divagando acerca de nuestros abuelos. Nos dejarán saltarnos las clases y nos llevarán a la panadería. Nuestra madre no puede quitarnos los dulces. En algún lugar de mi cabeza sé que estoy delirando, pero no puedo recobrar el sentido. Magda me dice que me calle y me tapa con un abrigo, para mantenerme caliente si me sube la fiebre, dice, pero más bien lo hace para ocultarme.

—No muevas ni un dedo —dice.

La fábrica está cerca, al otro lado de un pequeño puente que atraviesa un arroyo caudaloso. Me quedo acostada bajo el abrigo, fingiendo no existir, anticipando el momento en que descubran que no estoy y un guardia entre en el cobertizo para disparame. ¿Podrá Magda oír el disparo por encima del ruido de las máquinas? Ya no le intereso a nadie.

Caigo en un sueño delirante. Sueño con fuego. Es un sueño recurrente; llevo casi un año soñando que siento calor. Sin embargo, me despierto del sueño y esta vez el olor del humo me ahoga de verdad. ¿Está ardiendo el cobertizo? Tengo miedo de dirigirme a la puerta, tengo miedo de que mis débiles piernas no me permitan llegar, tengo miedo de que, si lo hago, me delate. Entonces oigo las bombas. Los silbidos y las explosiones. ¿Cómo he podido dormir durante el comienzo del ataque? Me bajo del banco. ¿Cuál es el lugar más seguro? Aunque pudiera correr, ¿a dónde iba a ir? Oigo gritos. «¡La fábrica está ardiendo! ¡La fábrica está ardiendo!», grita alguien.

De nuevo soy consciente del espacio que hay entre mi hermana y yo: me he vuelto una experta a la hora de medir ese espacio. ¿Cuántas manos hay entre nosotras? ¿Cuántas piernas? ¿Ruedas? Ahora hay un puente. Agua y madera. Y fuego. Lo veo desde la puerta del cobertizo, donde por fin me detengo y me apoyo contra el marco. El puente que conduce a la fábrica está en llamas y la fábrica ha sido engullida por el humo. Para cualquiera que haya sobrevivido al bombardeo el caos es un respiro. Una oportunidad para echarse a correr. Me imagino a Magda saltando por una ventana y corriendo hacia los árboles. Mirando a través de las ramas hacia el cielo. Dispuesta a correr hasta allí con tal de ser libre. Si se pone a salvo, yo seré libre. Podría deslizarme hacia el suelo y no levantarme nunca. Qué alivio sería. Existir es una obligación ineludible. Dejo que mis piernas se crucen como una bufanda. La caída me relaja. Y allí está Magda, envuelta en un halo de llamas. Ya está muerta. Antes que yo. La alcanzaré. Siento el calor del fuego. Ahora me uniré a ella. Ahora. «¡Ya voy!», grito. «¡Espérame!»

No soy consciente del momento en que deja de ser un fantasma y vuelve a ser de carne y hueso. De algún modo se hace entender: ha cruzado el puente en llamas para volver conmigo.

—Idiota —le digo—. Podrías haber huido.

Ya es abril. La hierba tiñe de verde las colinas. La luz alarga los días. Los niños nos escupen cuando pasamos por las afueras de una ciudad. Qué triste, pienso, que a esos niños les hayan lavado el cerebro para que me odien.

—¿Sabes qué voy a hacer para vengarme? —dice Magda—. Voy a matar a una madre alemana. Un alemán mató a mi madre y yo voy a matar a una madre alemana.

Yo tengo un deseo diferente. Deseo que el niño que nos escupió se dé cuenta algún día de que no tiene que odiar. En la venganza que yo me imagino el niño que ahora nos grita «¡Sucia judía! ¡Parásito!» sostiene un ramo de rosas. «Ahora sé que no hay motivo para odiarte. Ningún motivo», dice. Nos abrazamos, perdonándonos mutuamente. No le cuento a Magda mi fantasía.

Un día, al anochecer, los oficiales de las SS nos meten a empujones en una sala comunitaria donde pasaremos la noche. Una vez más, no hay comida.

—Quien salga del edificio recibirá un disparo inmediatamente —advierte el guardia.

—Dicuka —dice Magda mientras nos hundimos en las tablas de madera que serán nuestra cama—, pronto llegará mi final.

—Cállate —digo.

Me está asustando. Su desánimo me aterroriza más que si me apuntaran con un arma. Ella no habla así. No se rinde. Tal vez he sido una carga para ella. Quizá mantenerme fuerte durante mi enfermedad la ha agotado.

—No vas a morir —le digo—. Esta noche vamos a comer.

—Oh, Dicuka —dice, y se voltea hacia la pared.

Se lo demostraré. Le demostraré que hay esperanza. Conseguiré un poco de comida. La reanimaré. Los oficiales de las SS están reunidos cerca de la puerta, aprovechando la última luz de la tarde, para comer sus raciones. A veces nos arrojan algunas sobras por el mero placer de ver cómo nos arrastramos. Me acerco a ellos de rodillas.

—Por favor, por favor —suplico.

Se ríen. Un soldado sostiene un pedazo de carne en conserva delante de mí y yo me abalanzo hacia él, pero se lo mete en la boca y todos estallan en carcajadas. Juegan así conmigo hasta que no me quedan fuerzas. Magda está dormida. Me niego a dejarlo pasar y decepcionarla. Los oficiales de las SS abandonan el pícnic para ir a orinar o a fumar y yo me escabullo por una puerta lateral.

Huele a estiércol, a manzanas silvestres y a tabaco alemán. La hierba está húmeda y fresca. Al otro lado de una valla de estuco veo un huerto: pequeños brotes de lechuga, plantas de ejotes, las hojas verdes de zanahorias que parecen plumas. Percibo el sabor de las zanahorias, crujientes y terrosas, como si ya las hubiera arrancado. No es difícil escalar la pared. Me raspo las rodillas un poco al pasar al otro lado, y las gotas brillantes de sangre parecen aire fresco sobre la piel, como si saliera a la superficie algo bueno de mi interior. La cabeza me da vueltas. Agarro las hojas de la zanahoria y estiro; las raíces arrancadas de la tierra suenan como una costura desgarrándose. Me pesan en las manos. Pedazos de tierra se desprenden de las raíces. Hasta la tierra huele a banquete, hasta las semillas; todo lo que hay allí. Vuelvo a escalar el muro, con la tierra cayéndome por las rodillas. Me imagino la cara de Magda al morder la primera verdura fresca que comemos desde hace un año. Hice algo arriesgado y dio fruto. Eso es lo que quiero que vea Magda, más que la comida, más que el alimento disolviéndose en su sangre: simplemente que hay esperanza. Salto otra vez al suelo.

Pero no estoy sola. Un hombre me mira fijamente. Empuña un arma. Es un soldado alemán de la Wehrmacht. Peor que el arma son sus ojos, sus ojos castigadores. «¿Cómo te atreves?», dicen sus ojos. «Yo te enseñaré a obedecer.» Me pone de rodillas de un empujón. Amartilla el arma y me apunta al pecho. «Por favor, por favor, por favor, por favor.» Suplico como hice ante Mengele. «Por favor, ayúdalo para que no me mate.» Estoy temblando. Las zanahorias me golpean la pierna. Baja el arma durante un breve instante y luego la vuelve a levantar. Clic. Clic. Peor que el miedo a la muerte es la sensación de estar atrapada e indefensa, de no saber qué sucederá en el siguiente instante. Me levanta de un jalón y me pone frente al edificio en el que duerme Magda. Usa la culata de su fusil para empujarme dentro.

—Meando —le dice al guarda, y ríen ruidosamente.

Guardo las zanahorias entre los pliegues de mi vestido. Al principio Magda no se despierta. Tengo que ponerle la zanahoria en la palma de la mano antes de que abra los ojos. Come tan rápido que se muerde el interior de las mejillas. Cuando me da las gracias, llora.

Por la mañana los oficiales de las SS nos despiertan a gritos. Es hora de volver a caminar. Estoy hambrienta y hecha polvo y pienso que debo de haber soñado lo de las zanahorias, pero Magda me enseña un puñado de hojas que se guardó en el bolsillo para después. Se marchitaron. Son despojos que en una vida anterior habríamos tirado o con los que habríamos alimentado al ganso del desván, pero ahora parecen encantados, como el caldero de un cuento de hadas que se llena de oro por arte de magia. Las hojas marchitas y ennegrecidas de la zanahoria son la prueba de un poder secreto. No debería haberme arriesgado a tomarlas, pero lo hice. No debería haber sobrevivido, pero lo hice. Los «debería» no son importantes. No son lo único que rige nuestros actos. Hay un principio diferente, una autoridad diferente en juego. Estamos esqueléticas. Estamos tan enfermas y desnutridas que a duras penas podemos caminar y mucho menos trabajar. Y, sin embargo, las zanahorias hacen que me sienta fuerte. «Si sobrevivo hoy, mañana seré libre.» Repito la consigna en mi cabeza.

Nos alineamos en fila para el recuento. Sigo repitiendo la frase para mis adentros. Justo cuando estamos a punto de salir a la helada mañana para afrontar otro día repleto de horrores se produce un alboroto en la puerta. El guarda de las SS grita en alemán y otro hombre responde también a gritos. Me falta el aliento y agarro el codo de Magda para no caerme. Es el hombre del huerto. Recorre con mirada severa la habitación.

—¿Dónde está la chica que se atrevió a incumplir las reglas? —pregunta.

Estoy temblando. No puedo dominar mi cuerpo. Ha vuelto para vengarse. Quiere darme un escarmiento público. O cree que es lo que debe hacer. Alguien se enteró de su inexplicable gesto de bondad conmigo y ahora debe pagar por haber corrido el riesgo. Tiemblo, casi no puedo respirar de lo asustada que estoy. Estoy atrapada. Sé lo cerca que estoy de la muerte.

—¿Dónde está la pequeña delincuente? —vuelve a preguntar.

Va a verme en cualquier momento. O va a ver las hojas de zanahoria que sobresalen del abrigo de Magda. No puedo soportar el suspenso de esperar a que me reconozca. Me tiro al suelo y me arrastro hacia él. Magda sisea, pero es demasiado tarde. Me acuclillo a sus pies. Veo el barro de sus botas, las vetas de la madera del suelo.

—Tú —dice.

Parece indignado. Cierro los ojos. Espero que me golpee. Espero que me dispare.

Algo pesado cae a mis pies. ¿Una piedra? ¿Va a matarme a pedradas, lentamente?

No. Es pan. Una pequeña hogaza de pan negro de centeno.

—Seguro tenías mucha hambre para hacer lo que hiciste —dice.

Sus ojos son los de mi padre. Verdes. Y llenos de alivio.

9
La escalera de la muerte

Volvemos a caminar durante días o semanas. Desde que salimos de Auschwitz hemos permanecido en Alemania, pero un día llegamos a la frontera con Austria, donde esperamos para cruzar. Los guardias charlan mientras aguardamos en las interminables filas que se han convertido para mí en la ilusión de un orden, la ilusión de que una cosa sigue naturalmente a otra. Es un alivio estar quietas. Escucho la conversación entre los guardias. El presidente Roosevelt murió, dicen. Truman tendrá que tomar el mando durante el resto de la guerra. Hay un cambio de rumbo. Esos acontecimientos tienen lugar tan lejos de nuestra existencia diaria que resulta impactante que ahora, en este preciso instante, alguien esté tomando decisiones que me afectan. No a mí en concreto. No tengo nombre. Pero alguien con autoridad está tomando una decisión que determinará lo que me suceda. ¿Norte, sur, este u oeste? ¿Alemania o Austria? ¿Qué habría que hacer con los judíos supervivientes antes de que acabe la guerra?

—Cuando acabe la guerra… —dice un guardia.

No acaba la frase. Es el tipo de conversación sobre el futuro que manteníamos Eric y yo en su día. «Después de la guerra...» Si me concentro lo suficiente, ¿podré imaginar que sigue vivo? Finjo que estoy esperando en la entrada de una estación de tren en la que voy a comprar un boleto, pero solo tengo una oportunidad para imaginar la ciudad en la que me encontraré con él. ¿Praga? ¿Viena? ¿Düsseldorf? ¿Prešov? ¿París? Me meto la mano en el bolsillo, buscando instintivamente mi pasaporte. «Eric, mi dulce amor, ya voy.» Una guardia fronteriza nos grita a Magda y a mí en alemán y nos señala otra fila. Empiezo a moverme. Magda se queda quieta. La guardia vuelve a gritar. Magda no se mueve ni responde. ¿Se volvió loca? ¿Por qué no me sigue? La guardia le chilla a Magda en la cara y Magda menea la cabeza.

—No entiendo —le dice Magda en húngaro.

Claro que entiende. Las dos hablamos fluidamente alemán.

—¡Sí entiendes! —grita la guardia.

—No entiendo —repite Magda.

Su voz es totalmente impasible. Tiene los hombros rectos y erguidos. ¿Me estoy perdiendo algo? ¿Por qué finge que no entiende? No va a conseguir nada mostrándose desafiante. ¿Perdió la cabeza? Las dos siguen discutiendo. Aunque, en realidad, Magda no discute. Solamente repite, monótona y tranquilamente, una y otra vez, que no entiende. La guardia pierde los nervios. Golpea a Magda en la cara con la culata del fusil. Vuelve a golpearla entre los hombros. La golpea una y otra vez hasta que Magda cae desplomada y nos hace un gesto a mí y a otra chica para que la arrastremos hacia donde estamos nosotras.

Magda está magullada y tose, pero le brillan los ojos.

—¡Dije que no! —dice—. ¡Dije que no!

Para ella la paliza fue maravillosa. Fue una prueba de su poder. Se mantuvo firme mientras la guardia perdía el control. La desobediencia civil hace que se sienta como alguien que tomó una decisión, no como una víctima del destino.

Sin embargo, el poder que siente Magda es efímero. Al poco rato estamos caminando de nuevo, hacia un lugar peor que todos los que hemos visto hasta ahora.

Llegamos a Mauthausen. Es un campo de concentración exclusivamente para hombres situado en una cantera en la que los prisioneros son obligados a picar y transportar granito que se utilizará para construir la ciudad soñada por Hitler, una nueva capital para Alemania, un nuevo Berlín. No veo más que escaleras y cadáveres. Las escaleras son de piedra blanca y ascienden interminablemente, como si pudiéramos subir por ellas hasta el cielo. Los cadáveres están por todas partes, en pilas. Cadáveres encogidos y despatarrados como pedazos de una valla rota. Cadáveres tan esqueléticos y desfigurados que apenas tienen forma humana. Esperamos en fila en la escalera blanca. La Escalera de la Muerte, la llaman. Esperamos en la escalera otra selección que suponemos que nos llevará a la muerte o a trabajar. Por la fila corren rumores terribles. Nos enteramos de que los reclusos de Mauthausen tienen que cargar con bloques de piedra de cincuenta kilos desde la cantera y subir los 186 escalones corriendo en fila. Me imagino a mis antepasados, los esclavos del faraón de Egipto, encorvados por el peso de las piedras. Aquí, en la Escalera de la Muerte, según nos dicen, cuando corres escaleras arriba acarreando una piedra y alguien delante de ti tropieza o se desploma tú eres el siguiente en caer, y así sucesivamente, hasta que toda la fila se viene abajo formando una pila. Dicen que si sobrevives es peor. Tienes que colocarte a lo largo de una pared situada al borde de un precipicio. *Fallschirmspringerwand,* se llama: la Pared de los Paracaidistas. A punta de pistola, tú eliges: ¿prefieres que te maten a tiros o empujar por el precipicio al recluso que está a tu lado?

—Tú empújame —dice Magda—. Si llega el momento.

—Tú a mí también —digo.

Preferiría mil veces caer que ver cómo le disparan a mi hermana. Estamos demasiado débiles y hambrientas para decir eso simplemente por quedar bien. Lo decimos por amor, pero también por nuestra propia supervivencia. No me impongas otra carga pesada. Déjame caer entre las piedras.

Peso menos, mucho menos, que las rocas que suben a cuestas los prisioneros por la Escalera de la Muerte. Peso tan poco que podría salir volando como una hoja o una pluma. Abajo, abajo. Ahora podría caer. Podría caer hacia atrás en lugar de subir el siguiente peldaño. Ningún peso me ata a la tierra. Estoy a punto de dejarme llevar por esa fantasía de ingravidez, de liberarme de la carga de estar viva, cuando alguien delante de mí en la fila rompe el hechizo.

—Ahí está el crematorio —dice.

Miro hacia arriba. Llevamos tantos meses alejadas de los campos de exterminio que me olvidé de la naturalidad con que se alzan las chimeneas. En cierto modo resultan tranquilizadoras. Sentir la proximidad de la muerte, su inminencia, en la recta torre de ladrillo; ver la chimenea que es como un puente que representará el paso de la carne al aire, considerar que ya estás muerta, tiene cierto sentido.

Y, a pesar de todo, mientras esa chimenea siga echando humo, tengo algo contra lo que luchar. Tengo un objetivo. «Moriremos por la mañana», se rumorea. Siento que la resignación me jala como la gravedad, una fuerza inexorable y constante.

Cae la noche y dormimos en las escaleras. ¿Por qué han esperado tanto para empezar la selección? Mi ánimo flaquea. «Moriremos por la mañana. Por la mañana moriremos.» ¿Sabía mi madre lo que iba a pasar cuando la pusieron en la fila de los niños y los ancianos? ¿Cuando vio que a Magda y a mí nos indicaban otra fila? ¿Luchó contra la muerte? ¿La aceptó? ¿Fue inconsciente hasta el final? Cuando te vas ¿importa el hecho de ser consciente de que vas a morir? «Moriremos por la mañana. Por la mañana moriremos.» Oigo cómo el rumor, la certeza, se repite como el eco contra la piedra de la cantera. ¿De verdad que hemos caminado tantos cientos de kilómetros para acabar desvaneciéndonos?

Quiero organizar mi mente. No quiero que mis últimos pensamientos sean tópicos o desesperados. «¿Qué sentido tiene? ¿Para qué sirvió todo esto?» No quiero que mis últimos pensamientos sean una reproducción de los horrores que hemos visto. Quiero sentirme viva. Quiero saborear qué es estar viva. Pienso en la voz de Eric y en sus labios. Intento traer a la mente pensamientos que aún tengan el poder de hacerme vibrar. «Nunca olvidaré tus ojos. Nunca olvidaré tus manos.» Eso es lo que quiero recordar —calidez en el pecho, un estremecimiento en la piel—, aunque «recordar» no sea la palabra correcta. Quiero disfrutar de mi cuerpo mientras lo tenga. Hace una eternidad, en Kassa, mi madre me prohibió leer *Nana,* de Émile Zola, pero lo metí sin que se diera cuenta en el baño y lo leí a escondidas. Si muero mañana, moriré siendo virgen. ¿Para qué he tenido un cuerpo si no lo he podido conocer por completo? Gran parte de mi vida ha sido un misterio. Cómo me sorprendieron las marcas rojas en la falda blanca cuando tuve el periodo. Cómo mi madre me dio una cachetada. Cómo nadie, en mi vida anterior a los campos de concentración, ni mi madre ni mis hermanas ni mis profesoras ni mis entrenadoras, me explicó nunca nada sobre mi anatomía. Ahora, gracias a mi conversación con Esther en el barracón aquella noche, sé que los hombres tienen algo que las mujeres no tienen. Nunca había visto a mi padre desnudo, pero sí había sentido esa parte de Eric presionándome cuando me abrazaba. Nunca me pidió que se la tocara; nunca reconocí su cuerpo. Me gustaba la sensación de que su cuerpo, y el mío, fueran misterios esperando ser descubiertos, algo que hacía que sintiéramos entre nosotros una descarga de energía cuando nos tocábamos.

Ahora era un misterio que no resolvería nunca. Había experimentado pequeños destellos de deseo, pero nunca sentiría su culminación, la materialización del prometido universo de luz. Ahora lloro por ello en la Escalera de la Muerte. Es terrible perder, haber perdido, todo lo que conoces: padre, madre, hermana, novio, país, hogar. ¿Por qué tengo que perderme también las cosas que no conozco? ¿Por qué tengo que perderme el futuro? ¿Mi potencial? ¿Los hijos que nunca tendré? ¿El vestido de novia que mi padre nunca me hará? «Voy a morir virgen.» No quiero que ese sea mi último pensamiento. Debería pensar en Dios.

Intento imaginar un poder omnipotente. Magda perdió la fe. Ella y muchas otras. «No puedo creer en un Dios que permite que pase esto», dicen. Las entiendo. Sin embargo, a mí nunca me ha costado entender que no es Dios el que nos está matando en las cámaras de gas, en las cunetas, en el precipicio, en los 186 peldaños blancos. Dios no dirige los campos de exterminio. Son los hombres quienes lo hacen. Sin embargo, ahora me invade de nuevo el horror y no quiero dejarme arrastrar por él. Me imagino a Dios como un niño que baila. Vivaz, inocente y curioso. Yo también debo serlo si quiero estar cerca de Dios. Quiero mantener viva la parte de mí que se hace preguntas, que se hace preguntas hasta el final. Me pregunto si alguien sabe que estoy aquí, si alguien sabe lo que está pasando, si alguien sabe que existen lugares como Auschwitz o Mauthausen. Me pregunto si mis padres pueden verme ahora. Me pregunto si Eric puede verme. Me pregunto cómo es un hombre desnudo. Está lleno de hombres a mi alrededor. Hombres que ya no viven. Si los mirara, ya no heriría su orgullo. Me convenzo a mí misma pensando que la peor transgresión sería renunciar a mi curiosidad.

Dejo a Magda durmiendo en las escaleras y repto hasta la ladera embarrada donde se apilan los cadáveres. No voy a desnudar a ninguno que traiga ropa. No voy a manosear a los muertos. Pero, si un hombre cayó, voy a mirar.

Veo a un hombre con las piernas torcidas. No parecen pertenecer al mismo cuerpo, pero puedo distinguir dónde se juntan. Veo vello como el mío, oscuro, grueso, y un pequeño apéndice. Es como un pequeño champiñón, una cosa blanda que sobresale de la tierra. Qué raro que las partes íntimas de la mujer estén metidas hacia dentro y las de los hombres estén expuestas, tan vulnerables. Me siento satisfecha. No moriré en la ignorancia de la biología que me creó.

Al alba la fila empieza a moverse. No hablamos mucho. Algunas lloran. Otras rezan. La mayoría soportamos el terror, el pesar, la resignación o el alivio en la intimidad. No le cuento a Magda lo que vi la noche anterior. La fila avanza rápidamente. No queda mucho tiempo. Intento recordar las constelaciones que antes reconocía en el cielo nocturno. Intento recordar el sabor del pan de mi madre.

—Dicuka —dice Magda.

Pero necesito un par de jadeos huecos para reconocer mi nombre. Hemos llegado a la parte superior de las escaleras. El oficial encargado de la selección está justo delante de nosotras. Envían a todo el mundo en la misma dirección. No es una fila de selección. Simplemente nos hacen pasar. Realmente es el fin. Esperaron a que amaneciera para enviarnos a todas a la muerte. ¿Deberíamos hacernos promesas mutuamente? ¿Pedir perdón? ¿Qué hay que decir? Ahora hay cinco chicas delante de nosotras. ¿Qué debería decirle a mi hermana? Dos chicas.

Y entonces la fila se detiene. Nos conducen a por una reja hacia una multitud de guardias de las SS.

—¡Si intentan huir, les dispararemos! —nos gritan—. Si se caen, les dispararemos.

Nos volvimos a salvar. Inexplicablemente.

Avanzamos.

Es la marcha de la muerte, de Mauthausen a Gunskirchen. Se trata de la distancia más corta que nos han obligado a recorrer, pero para entonces estamos tan débiles que solo sobreviviremos doscientas de dos mil. Magda y yo nos aferramos la una a la otra, decididas a permanecer juntas, a mantenernos firmes. Cada hora cientos de chicas caen en las cunetas a ambos lados de la carretera. Demasiado débiles o demasiado enfermas para seguir avanzando, son ejecutadas allí mismo. Somos como un diente de león desprendido de la planta por el viento del que solo quedan unas pocas hebras blancas. Mi único nombre es hambre.

Me duele todo; tengo todo el cuerpo entumecido. No puedo dar un paso más. Me duele tanto que no siento mis movimientos. No soy más que un circuito de dolor, una señal que se retroalimenta. No me doy cuenta de que tropecé hasta que noto los brazos de Magda y Lily levantándome. Entrelazaron los dedos para hacer una silla y llevarme.

—Tú compartiste tu pan —dice Lily.

Sus palabras no me dicen nada. ¿Cuándo he probado yo el pan? Pero entonces se despierta en mí un recuerdo. Nuestra primera noche en Auschwitz. Mengele ordenando que sonara la música y mandándome bailar. Este cuerpo bailó. Esta mente soñaba con el teatro de la ópera. Este cuerpo comió aquel pan. Soy la que aquella noche pensó y vuelve a pensar ahora: «Mengele mató a mi madre; Mengele me dejó vivir». Ahora una chica con la que compartí un pedazo de corteza de pan hace casi un año me reconoció. Emplea las últimas fuerzas que le quedan en entrelazar sus dedos con los de Magda y levantarme. En cierto modo, Mengele permitió que llegue este momento. No nos mató a ninguna aquella noche, ni ninguna otra noche. Nos dio pan.

10
Elegir una brizna de hierba

Siempre hay un infierno peor. Esa es nuestra recompensa por el hecho de vivir. Cuando paramos de caminar estamos en Gunskirchen Lager. Es un campo de concentración accesorio de Mauthausen, unas cuantas edificaciones de madera en un bosque pantanoso cerca de un pueblo, un campo construido para albergar a unos cuantos centenares de trabajadores esclavos en el que ahora se hacinan dieciocho mil. No es un campo de exterminio. Aquí no hay cámaras de gas ni crematorios. Pero no hay duda de que nos enviaron aquí a morir.

A estas alturas cuesta distinguir quién está vivo y quién está muerto. La enfermedad nos recorre y nos rodea el cuerpo. Tifus. Disentería. Piojos. Llagas abiertas. Carne sobre carne. Viva y podrida. El cadáver de un caballo medio devorado. Te lo comes crudo. ¿Quién necesita un cuchillo para cortar la carne? La arrancas del hueso con los dientes. Duermes profundamente en las abarrotadas estructuras de madera o directamente en el suelo. Si alguien muere debajo de ti, sigues durmiendo. No tienes fuerzas para apartar a los muertos. Una chica se retuerce de hambre. Hay un pie negro, podrido. Nos llevan al húmedo, frío y espeso bosque para matarnos abrasadas en una hoguera gigante. Todo el lugar está plagado de dinamita. Esperamos la explosión que hará que nos consumamos bajo las llamas. Hasta que llegue el estallido definitivo, hay otros peligros: hambre, fiebre, enfermedades. Solamente hay veinte letrinas para todo el campo. Si no puedes esperar a que llegue tu turno para defecar, te disparan allí mismo, donde cayeron tus excrementos. Hay basura ardiendo. La tierra es un pozo de lodo y, si reúnes las fuerzas suficientes para caminar, los pies se mueven en una masa que es una mezcla de barro y mierda. Hace cinco o seis meses que salimos de Auschwitz.

Magda coquetea. Es su forma de reacionar ante la llamada de la muerte. Conoce a un francés, un parisino, que antes de la guerra vivía en la *rue* de nosequé, una dirección que me digo a mí misma que nunca olvidaré. Incluso en las simas del horror hay química, de persona a persona, ese nudo en la garganta, ese destello. Los veo hablar como si estuvieran sentados en un café de verano, con platillos tintineando a su alrededor. Eso es lo que hacen los vivos. Usamos nuestro pulso sagrado como pedernal contra el miedo. No eches a perder tu espíritu. Blándelo como una antorcha. Dile tu nombre al francés y guárdate su dirección, saboréala, mastícala despacio, como si fuera pan.

Tras unos cuantos días en Gunskirchen me convierto en una persona incapaz de caminar. Siento que he llegado al límite de mis fuerzas. Estoy acostada al aire libre, con el cuerpo enredado entre los cuerpos de personas desconocidas, formando una pila, algunas ya muertas, algunas muertas hace mucho tiempo y algunas, como yo, apenas con vida. Veo cosas que sé que no son reales. Las veo mezcladas con cosas que sí son reales pero no deberían serlo. Mi madre lee para mí. Escarlata grita: «Amé algo que en realidad no existe». Mi padre me lanza un *petit four.* Klara empieza a interpretar el concierto para violín de Mendelssohn. Toca junto a la ventana para que, si pasa alguien, la vea y alce la cabeza, de modo que ella reciba la atención que ansía y que no puede pedir abiertamente. Eso es lo que hacen los vivos. Hacemos vibrar las cuerdas según nuestras necesidades.

Aquí, en el infierno, veo a un hombre comer carne humana. ¿Podría yo hacerlo? ¿Podría, para salvar mi vida, poner la boca en la piel colgante de los huesos de una persona muerta y morder? He visto carne mancillada con una crueldad imperdonable. Un chico atado a un árbol mientras los oficiales de las SS le disparaban en el pie, en la mano, en la oreja; un chico inocente usado como blanco de tiro. O la mujer embarazada que, de algún modo, llegó a Auschwitz sin que la mataran inmediatamente. Cuando entró en labor de parto los oficiales de las SS le ataron las piernas. Nunca he visto una agonía como la suya. Pero es ver a una persona hambrienta comer la carne de una persona muerta lo que hace que me hierva la sangre, lo que me nubla la vista. No puedo hacerlo. Pero tengo que comer. Tengo que comer o moriré. Más allá del lodo pisoteado crece hierba. Miro fijamente las briznas. Veo sus diferentes tamaños y tonos. Comeré hierba. Elegiré esta brizna de hierba en lugar de esta otra. Mantendré la mente ocupada con esa elección. Eso es lo que significa elegir. Comer o no comer. Comer hierba o comer carne. Comer esta brizna o esta otra. Lo que más hacemos es dormir. No hay nada de beber. Pierdo la noción del tiempo. A menudo estoy dormida. Incluso cuando estoy despierta me cuesta mantenerme consciente.

En una ocasión veo a Magda arrastrándose hacia mí con una lata en la mano, una lata que reluce bajo el sol. Una lata de sardinas. La Cruz Roja, al ser una organización neutral, fue autorizada para repartir ayuda a los prisioneros, y Magda se acurrucó en una fila y le entregaron una lata de sardinas. Sin embargo, no hay forma de abrirla. Se trata de una nueva forma de crueldad. Incluso un acto de bondad, hecho con buena intención, resulta inútil. Mi hermana se muere de hambre poco a poco; mi hermana tiene comida en la mano. Se aferra a la lata del mismo modo que en su día se aferró a su cabello, intentando resistir. Una lata de pescado en conserva imposible de abrir es ahora su parte más humana. Somos personas muertas y personas casi muertas. Yo no sé cuál de las dos soy.

En los recodos de mi conciencia me doy cuenta de que el día y la noche se confunden. Cuando abro los ojos no sé si me dormí o me desmayé, ni durante cuánto tiempo. No soy capaz de preguntar «¿Cuánto tiempo?». A veces siento que estoy respirando. A veces intento mover la cabeza para buscar a Magda. A veces no soy capaz de recordar su nombre.

Los gritos me sacan de un sueño que se parece a la muerte. Los gritos deben de ser el anuncio de la muerte. Espero la explosión prometida, el calor prometido. Mantengo los ojos cerrados y espero arder. Pero no hay ninguna explosión. No hay llamas. Abro los ojos y veo *jeeps* avanzando lentamente a través del bosque de pinos que oculta el campo de la carretera y del cielo. «¡Llegaron los estadounidenses! ¡Los estadounidenses están aquí!» Eso es lo que gritan los débiles. Los *jeeps* parecen ondulantes y borrosos, como si los estuviera viendo a través del agua o bajo un calor intenso. ¿Podría tratarse de una alucinación colectiva? Alguien canta *When the Saints Go Marching In.* Veo hombres vestidos con uniformes militares. Veo banderas con barras y estrellas; banderas de Estados Unidos. Veo banderas adornadas con el número 71. Veo a un estadounidense repartiendo cigarrillos a los reclusos, que están tan hambrientos que se los comen con papel y todo. Observo la escena desde una pila de cadáveres. No distingo cuáles son mis piernas.

—¿Hay alguien vivo aquí? —preguntan los estadounidenses en alemán—. Si queda alguien vivo que levante la mano.

Intento mover los dedos para indicar que estoy viva. Un soldado pasa tan cerca de mí que puedo ver los restos de barro en sus pantalones. Puedo oler su sudor. «Estoy aquí», quiero decir. «Estoy aquí.» No tengo voz. Rebusca entre los cadáveres. Sus ojos pasan por encima de mí sin reconocerme. Se lleva un trapo sucio a la cara.

—Si pueden oírme, levanten la mano —dice.

Apenas se quita el trapo de la boca para hablar. Intento encontrar mis dedos. «Nunca saldrás viva de aquí», me habían dicho: la *kapo* que me arrancó los aretes, el oficial de las SS con la pistola de tatuar que no quería desperdiciar la tinta, la capataz de la fábrica de hilos, los oficiales de las SS que nos disparaban durante la interminable marcha. Al final tendrán razón.

El soldado grita algo en inglés. Alguien fuera de mi campo de visión grita también. Se van.

Y entonces un haz de luz estalla contra el suelo. Ahí está el fuego. Por fin. Me sorprende que no haga ruido. Los soldados se dan la vuelta. De repente mi cuerpo entumecido siente el calor, de las llamas, pienso, o de la fiebre. Pero no. No hay fuego. El fulgor de la luz no es fuego en absoluto. ¡Es el sol reflejándose en la lata de sardinas de Magda! Ya sea a propósito o por accidente, llamó la atención de los soldados con una lata de conserva de pescado. Están volviendo. Tenemos otra oportunidad. Si puedo bailar en la mente, podré hacer que vean mi cuerpo. Cierro los ojos y me concentro, levantando las manos por encima de la cabeza en un arabesco imaginario. Oigo a los soldados gritarse otra vez unos a otros. Uno está muy cerca de mí. Sigo con los ojos fuertemente cerrados y continúo con mi danza. Me imagino que estoy bailando con él. Que me eleva por encima de su cabeza como hizo Romeo en el barracón con Mengele. Que existe el amor y que emerge de la guerra. Que existe la muerte y siempre, siempre, su contrario.

Y ahora noto mi mano. Sé que es mi mano porque el soldado la está tocando. Abro los ojos. Veo que su mano ancha y oscura me rodea los dedos. Aprieta algo contra mi mano. Golosinas. Golosinas de colores. Rojas, cafés, verdes, amarillas.

—Comida —dice el soldado.

Me mira a los ojos. Su piel es la más oscura que he visto nunca, tiene los labios gruesos y los ojos, café oscuro. Me ayuda a llevarme la mano a la boca. Me ayuda a dejar caer los caramelos en la lengua seca. Se me forma saliva y noto algo dulce. Sabe a chocolate. Recuerdo el nombre de ese sabor. «Lleven siempre algo dulce en el bolsillo», decía mi padre. Aquí está.

¿Y Magda? ¿También la descubrieron? Todavía no me salen las palabras ni tengo voz. No puedo ni tartamudear para dar las gracias. Apenas puedo tragar los pequeños dulces que me dio el soldado. Apenas puedo pensar en otra cosa que no sea el deseo de más comida. O un trago de agua. Ahora su atención está centrada en sacarme de la pila de cadáveres. Tiene que sacarme los muertos de encima, la cara y los miembros flácidos. A pesar de lo esqueléticos que están, pesan mucho, y el soldado frunce el ceño y forcejea al levantarlos. El sudor le cubre la cara. El hedor le hace toser. Se coloca el trapo sobre la boca. ¿Quién sabe cuánto tiempo llevan muertos los muertos? Tal vez solo los separa de mí un aliento o dos. No sé cómo expresar mi agradecimiento. Pero siento que un cosquilleo me recorre toda la piel.

Me levanta y me deja en el suelo, sobre la espalda, a muy poca distancia de los cadáveres. Veo pedazos de cielo entre las copas de los árboles. Noto el aire húmedo en la cara, la humedad de la hierba embarrada debajo de mí. Dejo que la mente disfrute de esa sensación. Evoco la imagen del cabello largo y recogido de mi madre, el sombrero de copa y el bigote de mi padre. Todo lo que siento y lo que he sentido alguna vez surge de ellos, de la unión que me creó. Me acunaron en sus brazos. Me hicieron una criatura de la tierra. Recuerdo la historia que me contó Magda sobre mi nacimiento. «Me ayudaste», le dijo mi madre a su madre. «Me ayudaste.»

Y ahora Magda está a mi lado sobre la hierba. Agarra su lata de sardinas. Sobrevivimos a la última selección. Estamos vivas. Estamos juntas. Somos libres.

11

Mi libertador, mi agresor

Las veces que me permití imaginar un momento como este, el fin de mi cautiverio y el final de la guerra, visualizaba mi pecho desbordante de alegría. Me imaginaba a mí misma gritando con todas mis fuerzas: «¡SOY LIBRE! ¡SOY LIBRE!». Sin embargo, ahora no tengo voz. Somos un río silencioso, una corriente formada por los liberados que fluye desde el cementerio de Gunskirchen hacia la ciudad más cercana. Voy montada en una carretilla improvisada. Las ruedas rechinan. A duras penas consigo mantenerme consciente. No hay alegría ni alivio en esta liberación. Es una salida lenta de un bosque. Es una cara aturdida. Es estar viva a duras penas y volverse a dormir. Es el peligro de atiborrarse de alimentos. El peligro de comer algo inapropiado. La libertad son llagas y piojos y tifus y estómagos consumidos y ojos impasibles.

Soy consciente de que Magda camina a mi lado. Del dolor que me recorre todo el cuerpo cuando la carretilla da una sacudida. Durante más de un año no me he permitido el lujo de pensar qué duele y qué no. Solamente he podido pensar en cómo mantenerme a la altura de las demás, cómo adelantarme un paso para conseguir algo de comida; en caminar lo suficientemente rápido, en no detenerme nunca, en seguir viva, en no quedarme atrás. Ahora que el peligro ha pasado, el dolor en mi interior y el sufrimiento a mi alrededor convierten la conciencia en una alucinación. Una película muda. Un desfile de esqueletos. La mayoría de nosotras estamos demasiado perjudicadas físicamente para caminar. Estamos acostadas en carretillas. Nos apoyamos en bastones. Nuestros uniformes están asquerosos y raídos, tan andrajosos y harapientos que apenas nos cubren la piel. La piel apenas nos cubre los huesos. Somos una clase de anatomía. Codos, rodillas, tobillos, pómulos, nudillos y costillas sobresalen como preguntas. ¿Qué somos ahora? Nuestros huesos parecen obscenos, nuestros ojos son cavernas; inexpresivos, oscuros, vacíos. Rostros huecos. Uñas violáceas. Somos un trauma en movimiento. Somos un lento desfile de personajes macabros. Nos tambaleamos al caminar; las carretillas avanzan rodando sobre los adoquines. Fila tras fila, llenamos la plaza de Wels, en Austria. Los vecinos nos miran fijamente desde las ventanas. Damos miedo. Nadie habla. Enmudecemos la plaza con nuestro silencio. Los lugareños se meten en casa a toda prisa. Los niños se tapan los ojos. Pasamos por el infierno únicamente para convertirnos en la pesadilla de otros.

Lo más importante ahora es comer y beber. Pero no demasiado ni demasiado deprisa. Es posible sufrir una sobredosis de comida. Morir por comer demasiado. Algunas no podemos evitarlo. La mesura desapareció junto con nuestra masa muscular, con nuestra carne. Hemos estado muertas de hambre durante mucho tiempo. Ahora nos puede matar tanto el hambre como el hecho de acabar con ella. Por tanto, es una bendición que solo recupere la necesidad de masticar de forma intermitente. Una bendición que los soldados estadounidenses tengan poca comida que ofrecernos; sobre todo caramelos, esas pequeñas bolitas de colores. M&M's, les llaman.

Nadie quiere acogernos. Hitler lleva muerto menos de una semana. Alemania todavía no se ha rendido oficialmente. La violencia va disminuyendo en Europa, pero sigue habiendo guerra. La comida y la esperanza escasean para todo el mundo. Y nosotras, las antiguas prisioneras, seguimos siendo el enemigo para algunos. Parásitos. Alimañas. La guerra no pone fin al antisemitismo. Los soldados estadounidenses nos llevan a Magda y a mí a una casa en la que vive una familia alemana: la madre, el padre, la abuela, tres hijos. Ahí es donde viviremos hasta que tengamos fuerzas suficientes para viajar. «Tengan cuidado», nos advierten los estadounidenses en un alemán defectuoso. Todavía no se ha firmado la paz. Puede pasar cualquier cosa.

Los padres trasladan todas las posesiones de la familia a una habitación y el padre cierra la puerta con llave ostentosamente. Los niños nos miran fijamente uno tras otro y luego corren a ocultar la cara detrás de las faldas de su madre. Somos recipientes de su fascinación y de su miedo. Estoy acostumbrada a la crueldad impasible y automática de los miembros de las SS, o a su incongruente alegría y su manera de hacer alarde de su poder. También estoy acostumbrada al modo en que se envalentonan para aumentar su sensación de determinación y de control. La forma en que nos miran estos niños es peor. Somos una ofensa contra la inocencia. Así es como nos miran los niños, como si fuéramos nosotras las transgresoras. Su conmoción es más amarga que el odio.

Los soldados nos llevan a la habitación en la que dormiremos. Es el cuarto del bebé. Somos huérfanas de guerra. Me meten en una cuna de madera. Soy así de pequeña; peso 31 kilos. No puedo caminar por mí misma. Soy un bebé. Apenas pienso en palabras. Pienso en términos de dolor y de necesidad. Lloraría para que me abrazaran, pero no hay nadie que pueda abrazarme. Magda se acurruca hecha bola en la camita.

Al otro lado de la puerta un ruido interrumpe mi sueño. Hasta el descanso es frágil. Estoy siempre asustada. Tengo miedo de lo que ya ha pasado. Y de lo que podría pasar. Los sonidos en la oscuridad evocan la imagen de mi madre guardando el saco amniótico de Klara en su abrigo, la de mi padre echando una ojeada a nuestro departamento por la mañana temprano el día de nuestro desahucio. Mientras el pasado se reproduce vuelvo a perder mi hogar y a mis padres una y otra vez. Miro fijamente los barrotes de madera de la cuna y trato de serenarme y volver a dormir, o al menos mantenerme en calma.

Sin embargo, los ruidos persisten. Golpes y pisotones. Y entonces la puerta se abre bruscamente. Dos soldados estadounidenses entran corriendo en la habitación. Tropiezan el uno con el otro al chocar con un pequeño librero. La luz de una linterna se abre paso en la oscura habitación. Uno de los hombres me señala y se ríe mientras se agarra la entrepierna. Magda no está. No sé dónde está, si está lo suficientemente cerca para oírme si grito, si está escondida en alguna parte, tan asustada como yo. Oigo la voz de mi madre. «Ni se les ocurra perder la virginidad antes de casarse», nos sermoneaba, antes de que yo supiera siquiera lo que era la virginidad. No hacía falta. Entendía la amenaza. No se arruinen la vida. No nos decepcionen. Ahora un trato brusco podría hacer algo peor que mancillarme. Con lo frágil que estoy, podría matarme. Sin embargo, lo que temo no es simplemente morir o sentir más dolor. Tengo miedo de perder el respeto de mi madre.

El soldado empuja a su compañero hacia la puerta para que vigile. Viene hacia mí, arrullándome absurdamente, con la voz ronca y fuera de lugar. Su sudor y el olor a alcohol de su aliento apestan a moho. Tengo que mantenerlo alejado de mí. No tengo nada que arrojarle. Ni siquiera puedo sentarme. Intento gritar, pero mi voz no es más que un gorjeo. El soldado que está en la puerta se está riendo. Sin embargo, de repente deja de hacerlo. Habla con dureza. No entiendo el inglés, pero sé que dice algo acerca de un bebé. El otro soldado se apoya en los barrotes de la cuna. Se lleva la mano a la cintura. Me va a usar. Me va a machacar. Saca la pistola. La blande desaforadamente como si fuera una antorcha. Espero que sus manos me sujeten. Pero, en lugar de eso, se aparta. Se dirige a la puerta, en dirección a su compañero. La puerta se cierra con un clic. Estoy sola en la oscuridad.

No puedo dormir. Estoy segura de que el soldado volverá. ¿Y dónde está Magda? ¿Se la habrá llevado algún otro soldado? Está esquelética, pero su cuerpo está mucho más en forma que el mío y aún conserva un atisbo de su figura femenina. Para calmar la mente intento organizar lo que sé de los hombres, de mi catálogo humano: Eric, cariñoso y optimista; mi padre, decepcionado consigo mismo y con sus circunstancias, a veces derrotado y, a veces, sacando el máximo provecho, encontrando pequeños motivos de alegría; el doctor Mengele, lascivo y comedido; el miembro de la Wehrmacht que me atrapó con las zanahorias recién arrancadas, severo pero compasivo y luego bondadoso; el soldado estadounidense que me sacó de la pila de cadáveres en Gunskirchen, resuelto y valiente; y ahora este nuevo sabor, esta nueva sombra. Un libertador, pero, al mismo tiempo, un agresor, una presencia contundente, pero también vacía. Un gran vacío oscuro, como si la humanidad hubiera abandonado su cuerpo. Alguna parte de mí sabe que el hombre que estuvo a punto de violarme, que tal vez vuelva para acabar lo que empezó, también ha sido testigo del horror. Como yo, probablemente esté atrapado en su telaraña, intentando olvidarlo, apartarlo de su mente. Perdido en la oscuridad, casi se ha convertido también en oscuridad.

Vuelve por la mañana. Sé que es él porque todavía apesta a alcohol, porque el miedo me hizo memorizar el mapa de su cara a pesar de habérsela visto en penumbra. Me agarro las rodillas y me pongo a lloriquear. Parezco un animal. No puedo parar. Es un quejido monótono que recuerda a un insecto. Se arrodilla junto a la cuna. Está llorando. Repite tres sílabas. No sé qué significan. Me entrega una bolsa de tela. Pesa tanto que no la puedo levantar, así que la vacía, esparciendo su contenido, pequeñas latas de víveres del ejército, sobre el colchón. Me muestra las imágenes de las latas. Señala y habla, como un *maître* loco explicando el menú, invitándome a elegir mi siguiente comida. No entiendo ni una palabra de lo que dice. Examino las imágenes.

Abre una lata haciendo palanca y me da de comer con una cuchara. Es jamón con algo dulce, pasas. Si mi padre no hubiera compartido conmigo sus paquetes secretos de cerdo, puede que no identificara el sabor, aunque los húngaros nunca mezclarían jamón con algo dulce. Sigo abriendo la boca para recibir otro bocado. Por supuesto que lo perdono. Estoy hambrienta y me da de comer.

Vuelve cada día. Magda está lo suficientemente bien como para volver a coquetear y supongo que el soldado insiste en venir a esta casa porque le gusta ser objeto de su atención. Sin embargo, a medida que pasan los días, apenas se fija en ella. Viene por mí. Yo soy el tema que tiene que resolver. Tal vez está haciendo penitencia por haber estado a punto de agredirme. O tal vez necesita demostrarse a sí mismo que la esperanza y la inocencia pueden resucitar, la suya, la mía y la del mundo; que una chica destrozada puede volver a caminar. El soldado me saca de la cuna, me toma de las manos y me convence para que dé un paso tras otro por la habitación. Cuando intento moverme el dolor que siento en la parte superior de la espalda es como un carbón candente. Me concentro en desplazar mi peso de un pie a otro, tratando de sentir el momento exacto en que se transmite el peso. Extiendo las manos por encima de la cabeza para tomarle los dedos. Finjo que es mi padre; mi padre, el que habría preferido que yo hubiera sido un niño pero luego me quiso de todas formas. «Serás la chica mejor vestida de la ciudad», me decía una y otra vez. Cuando pienso en mi padre el calor se marcha de la espalda y me arde en el pecho. Hay dolor y amor. Los bebés conocen esos dos aspectos del mundo y yo también estoy volviendo a aprenderlos.

Magda está físicamente mejor que yo, y trata de poner nuestra vida en orden. Un día, cuando la familia alemana no está en casa, Magda se pone a abrir clósets hasta que encuentra vestidos que ponernos. Envía cartas (a Klara, al hermano de nuestra madre en Budapest, a la hermana de nuestra madre en Miskolc) para averiguar quién sigue con vida, para averiguar dónde rehacer la vida cuando llegue el momento de abandonar Wels. No recuerdo cómo se escribe mi nombre. Mucho menos una dirección. Una frase. «¿Estás ahí?»

Un día el soldado trae papel y lápices. Empezamos con el abecedario. Escribe una *A* mayúscula. Una *a* minúscula. Una *B* mayúscula. Una *b* minúscula. Me da el lápiz y asiente con la cabeza. ¿Puedo escribir letras? Quiere que lo intente. Quiere ver hasta qué punto retrocedí, cuánto recuerdo. Puedo escribir *C* y *c*. *D* y *d*. ¡Me acuerdo! Me anima. Me aplaude. *E* y *e*. *F* y *f*. Pero entonces titubeo. Sé que a continuación viene la *G*, pero no soy capaz de escribirla, no se me ocurre cómo dibujarla en el papel.

Un día trae una radio. Pone la música más alegre que he oído jamás. Es optimista. Levanta el ánimo. Oigo instrumentos de viento. Hacen que te muevas. Su brillantez no es seducción; es algo más profundo, es una invitación imposible de rechazar. El soldado y sus amigos nos enseñan a Magda y a mí los bailes que acompañan a ese sonido: *jitterbug, boogie-woogie.* Los hombres bailan por parejas como si estuvieran en un salón de baile. Incluso la forma en que se toman del brazo es nueva para mí; se trata de un baile de salón, pero es desenfadado, flexible. Es informal, pero no burdo. ¿Cómo se mantienen tan firmes y llenos de energía y, al mismo tiempo, tan flexibles? ¿Tan preparados? Su cuerpo expresa todo lo que la música inspira.

Quiero bailar así. Quiero que mis músculos recuperen la memoria.

Una mañana Magda va a darse un baño y regresa temblando a la habitación. Tiene el cabello mojado y la ropa a medio poner. Se balancea en la cama con los ojos cerrados. Yo he estado durmiendo en la cama mientras se bañaba (la cuna ya me queda pequeña) y no sé si sabe que estoy despierta.

Ya hace más de un mes de la liberación. Magda y yo pasamos prácticamente todas las horas de los últimos cuarenta días juntas en esta habitación. Recuperamos el control de nuestro cuerpo. Recuperamos la capacidad de hablar y escribir y hasta hemos intentado bailar. Podemos hablar de Klara, de nuestra esperanza de que esté viva en algún lugar e intentando encontrarnos. Sin embargo, no podemos hablar de todo aquello por lo que pasamos.

Quizá en nuestro silencio estamos intentando crear una esfera libre de trauma. Wels es como vivir en el limbo, pero probablemente una nueva vida nos llama. Quizá estamos intentando proporcionarnos la una a la otra y a nosotras mismas una habitación vacía en la que construir nuestro futuro. No queremos contaminar la habitación con imágenes de violencia y pérdida. Queremos ser capaces de ver algo más que la muerte, de manera que acordamos tácitamente no hablar de nada que pueda hacer estallar la burbuja de supervivencia.

Ahora mi hermana está temblando y quejándose. Si le digo que estoy despierta, si le pregunto qué le pasa, si me convierto en testigo de su crisis nerviosa, no tendrá que soportar sola lo que sea que la está haciendo temblar. No obstante, si finjo estar dormida puedo ser para ella un espejo que no refleje su nuevo dolor. Puedo ser un espejo selectivo. Puedo reflejar las cosas que quiera cultivar y hacer que todo lo demás permanezca invisible.

Al final no tengo que decidir qué hacer. Empieza a hablar.

—Antes de irme de esta casa llevaré a cabo mi venganza —promete.

Casi nunca vemos a la familia en cuya casa estamos alojadas, pero su rabia amarga y tranquila hace que me imagine lo peor. Me imagino al padre entrando en el baño cuando ella se está desvistiendo.

—¿Acaso él te…? —le digo tartamudeando.

—No. —Respira entrecortadamente—. Iba a usar el jabón. La habitación empezó a dar vueltas.

—¿Estás enferma?

—No. Sí. No sé.

—¿Tienes fiebre?

—No. Es el jabón, Dicu. No podía ni tocarlo. Me entró el pánico.

—¿Nadie te hizo daño?

—No. Fue el jabón. Ya sabes lo que dicen. Dicen que está hecho de personas. De las personas que han matado.

No sé si es verdad. Pero ¿tan cerca de Gunskirchen? Tal vez.

—Sigo queriendo matar a una madre alemana —dice Magda, y yo recuerdo todos los kilómetros que caminamos durante el invierno, cuando esa era su fantasía, su cantaleta—. Sabes que podría hacerlo.

Hay diferentes formas de salir adelante. Tendré que descubrir mi propia manera de vivir con lo que sucedió. Todavía no sé cuál es.

Un día el soldado y sus amigos vienen a decirnos que nos vamos de Wels, que los rusos están ayudando a trasladar a los supervivientes a casa. Vienen a despedirse. Traen la radio. Suena *In the Mood* de Glenn Miller y nos dejamos llevar. Con la espalda adolorida apenas puedo dar bien los pasos, pero en mi mente, en mi interior, estamos dando vueltas sin parar. Despacio, despacio, rápido, rápido, despacio. Yo también puedo; relajo los brazos y las piernas sin cojear. Glenn Miller. Duke Ellington. Repito los grandes nombres de la *big band* una y otra vez. El soldado me lleva, me hace girar con cuidado, me baja un poco y me separa de él. Aún estoy muy débil, pero siento el potencial de mi cuerpo, todas las cosas que podré expresar con él cuando esté curada. Bailando al son de Glenn Miller seis semanas después de la liberación, con mi hermana que está viva y con el soldado estadounidense que estuvo a punto de violarme pero no lo hizo, siento que estoy recuperando parte de mí. Las extremidades y la vida que puedo volver a tener.

Durante las varias horas que dura el trayecto en tren de Wels a Viena, a través de la Austria ocupada por los rusos, me rasco el sarpullido, provocado por los piojos o por la rubeola, que me sigue cubriendo el cuerpo. Casa. Vamos a casa. ¡Dos días más y estaremos en casa! Y aun así es imposible separar la alegría por volver a casa de la devastación por la pérdida. Sé que mi madre está muerta y seguramente también mi padre y mis abuelos. Volver a casa sin ellos es volver a perderlos. «Tal vez Klara», me permito esperar. «Tal vez Eric.» Cuando estaba presa, para tener esperanza hacía falta imaginación. Ahora hace falta tener fe.

En el asiento contiguo al nuestro van sentados dos hermanos. También son supervivientes. Huérfanos. ¡De Kassa, como nosotras! Se llaman Lester e Imre. A su padre le dispararon por la espalda cuando caminaba entre ellos dos en la marcha de la muerte.

—Nos tenemos el uno al otro —dicen—. Tenemos suerte, mucha suerte.

Lester e Imre, Magda y yo. Somos casos atípicos. Los nazis no solo asesinaron a millones de personas. Asesinaron familias enteras. Y ahora, junto a la inconcebible lista de desaparecidos y muertos, nuestra vida continúa. Miramos fijamente por la ventanilla; vemos campos vacíos, puentes derruidos y, en algunos lugares, el frágil nacimiento de los cultivos. El estado de ánimo que impera en los pueblos que atravesamos no es de alivio ni de celebración; el ambiente reinante es de dientes apretados, incertidumbre y hambre. La guerra terminó, pero no ha terminado.

—¿Tengo los labios feos? —me pregunta Magda cuando nos aproximamos a las afueras de Viena. Está estudiando su reflejo en el cristal de la ventanilla, superpuesto sobre el paisaje.

—¿Por qué? ¿Estás pensando en usarlos?

Bromeo con ella; intento despertar su lado irremisiblemente burlón. Recurro a mis fantasías y pienso que Eric está vivo en algún lugar, que pronto seré una novia de posguerra cubierta por un velo improvisado. Que estaré junto a mi amado para siempre y nunca estaré sola.

—Lo digo en serio —dice—. Dime la verdad.

Su ansiedad me recuerda a nuestro primer día en Auschwitz, cuando estaba de pie, desnuda, con la cabeza afeitada, agarrándose mechones de cabello. Tal vez sintetiza sus terribles temores sobre lo que va a suceder a continuación en unos más específicos y personales: el miedo a no ser lo suficientemente atractiva para encontrar un hombre, el miedo a que sus labios sean feos. O tal vez sus preguntas se enmarcan en una incertidumbre más profunda acerca de su propia valía.

—¿Qué les pasa a tus labios? —le pregunto.

—Mamá los odiaba. Una vez, en la calle, alguien elogió mis ojos y ella dijo: «Sí, tiene unos ojos bonitos, pero fíjate qué labios más gruesos».

La supervivencia es cuestión de blanco o negro, no hay «peros» que valgan cuando estás luchando por tu vida. Ahora los «peros» aparecen de golpe. Tenemos pan para comer. «Sí, pero no tenemos ni un céntimo.» Estás recuperando tu peso. «Sí, pero siento una enorme pesadumbre.» Estás viva. «Sí, pero mi madre está muerta.»

Lester e Imre deciden quedarse en Viena unos cuantos días; prometen que irán a vernos a casa. Magda y yo subimos a otro tren que nos llevará en dirección noroeste hasta Praga en un trayecto de ocho horas. Un hombre bloquea la entrada al vagón. «*Nasa lude*», dice despectivamente. «Nuestra gente.» Es eslovaco. Los judíos tienen que viajar en el techo del tren.

—Los nazis perdieron —susurra Magda—, pero todo sigue igual que antes.

No hay otra forma de llegar a casa. Nos encaramamos al techo del vagón, uniéndonos al resto de los marginados. Nos tomamos de la mano. Magda se sienta junto a un joven llamado Laci Gladstein. Acaricia los dedos de Magda con los suyos, que son poco más que huesos. No nos preguntamos dónde hemos estado. Nuestro cuerpo y nuestros ojos afligidos dicen todo lo que hay que saber. Magda se apoya en el estrecho pecho de Laci en busca de calor. Siento celos del consuelo que parecen darse mutuamente, de su atracción, de su conexión. Yo estoy demasiado comprometida con mi amor por Eric; con la esperanza de volverlo a ver, como para buscar unos brazos masculinos que me abracen. Aunque no siguiera llevando la voz de Eric en mi interior, creo que me daría demasiado miedo buscar consuelo e intimidad. Soy un saco de huesos. Estoy cubierta de chinches y llagas. ¿Quién me iba a querer? Más vale no arriesgarse a entrar en contacto con alguien y ser rechazada; más vale no confirmar mi lamentable estado. Y, además, ¿quién iba a darme ahora la mejor protección? ¿Alguien que sepa todo lo que he soportado? ¿Un superviviente como yo? ¿O alguien que no lo sepa y pueda ayudarme a olvidar? ¿Alguien que me conociera antes de pasar por el infierno y pudiera ayudarme a volver a ser la que fui? ¿O alguien que pueda mirarme ahora sin ver constantemente lo que ha sido destruido? «Nunca olvidaré tus ojos», me dijo Eric. «Nunca olvidaré tus manos.» Durante más de un año me he aferrado a esas palabras como si fueran un mapa que pudiera conducirme hasta la libertad. Pero ¿y si Eric no puede afrontar que sea la persona en la que me he convertido? ¿Y si nos encontramos y formamos una vida juntos solamente para acabar dándonos cuenta de que nuestros hijos son los hijos de dos fantasmas?

Me acurruco junto a Magda. Ella y Laci hablan del futuro.

—Voy a ser médico —dice Laci.

Es noble; un joven que, como yo, estaba prácticamente muerto hace uno o dos meses. Ha sobrevivido. Se curará. Curará a otros.

Su ambición me tranquiliza. Y me asombra. Salió de los campos de exterminio conservando sus sueños. Si Eric está vivo, ¿mantendrá intacto su deseo de ser médico? Parece un riesgo innecesario. Incluso ahora que he conocido el hambre y las atrocidades, recuerdo el dolor provocado por sufrimientos menores, por un sueño arruinado por los prejuicios, por la manera en que mi entrenadora me dijo que estaba fuera del equipo de los Juegos Olímpicos. Me acuerdo de mi abuelo y de cuando se jubiló en la empresa de máquinas de coser Singer y cómo esperaba el pago de su pensión. Cómo esperaba y esperaba; cómo apenas hablaba de otra cosa. Por fin recibió el primer cheque. Una semana más tarde fuimos evacuados a la fábrica de ladrillos. No quiero soñar cosas equivocadas.

—Tengo un tío en Estados Unidos —continúa Laci—. En Texas. Iré allí, trabajaré y ahorraré para la universidad.

—Puede que yo también me vaya a Estados Unidos —dice Magda.

Debe de estar pensando en la tía Matilda del Bronx. En el techo del vagón, todas las personas que están a nuestro alrededor hablan de Estados Unidos, de Palestina. ¿Por qué seguir luchando por sobrevivir en un lugar en el que no nos quieren? Pronto nos enteraremos de las restricciones a la immigración en Estados Unidos y Palestina. No existe ningún refugio a salvo de limitaciones y prejuicios. Vayamos donde vayamos, puede que la vida sea siempre así. Intentar ignorar el miedo a que en cualquier momento nos bombardeen, nos disparen o nos arrojen a una cuneta. O, en el mejor de los casos, a que nos obliguen a viajar en el techo del tren, tomadas de la mano contra el viento.

En Praga tenemos que cambiar de tren otra vez. Nos despedimos de Laci. Magda le da nuestra antigua dirección: Kossuth Lajos Utca, número 6. Él promete mantenerse en contacto. Tenemos tiempo antes de la salida del próximo tren, tiempo para estirar las piernas y sentarnos tranquilamente al sol para comer nuestro pan. Quiero encontrar un parque. Quiero ver vegetación y flores. Cierro los ojos cada pocos pasos y aspiro los olores de la ciudad, las calles y las banquetas y el bullicio urbano. Panaderías, el humo de los coches, perfume. Cuesta creer que todo eso existiera mientras estábamos en el infierno. Miro los escaparates de las tiendas. No importa que no tenga ni un céntimo. Luego sí importará, desde luego. En Košice no nos darán comida gratis. Sin embargo, en este momento me siento absolutamente plena al ver que se pueden comprar vestidos y medias, joyas, pipas y material de papelería. Una mujer sostiene entre los dedos un vestido de verano. Un hombre admira un collar. Las cosas no son importantes, pero la belleza sí lo es. He aquí una ciudad llena de gente que no ha perdido la capacidad de imaginar, crear y admirar cosas hermosas. Volveré a ser una habitante; una habitante de algún lugar. Haré mandados y compraré regalos. Haré cola en la oficina de correos. Comeré pan horneado por mí. Me pondré ropa de moda en honor a mi padre. Iré a la ópera en honor a mi madre, en recuerdo de cómo se sentaba en el borde de su butaca para escuchar a Wagner, de cómo lloraba. Iré a escuchar a la orquesta sinfónica. Y, en honor a Klara, asistiré a todos las interpretaciones del concierto de violín de Mendelssohn. Esa nostalgia y melancolía. La vivacidad a medida que el compás se acelera y luego la ondulante cadencia, el fragor de los acordes. Y a continuación el movimiento más siniestro de las cuerdas, amenazando los sueños crecientes del solo de violín. De pie en la banqueta, tengo los ojos cerrados para oír el eco del violín de mi hermana. Magda me provoca un sobresalto.

—¡Despierta, Dicu!

Y cuando abro los ojos allí mismo, en pleno centro de la ciudad, junto a la entrada del parque, hay un cartel de un concierto en el que se anuncia la actuación de una violinista solista.

La foto que aparece en el cartel es la de mi hermana.

Allí, sobre el papel, está mi Klarie, sosteniendo su violín.

12

Entra por una ventana

Bajamos del tren en Košice. Nuestra ciudad natal ya no pertenece a Hungría. Vuelve a formar parte de Checoslovaquia. El sol de junio nos ciega los ojos. No tenemos dinero para un taxi, no tenemos dinero para nada, no tenemos ni idea de si nuestro antiguo departamento familiar está ocupado, ni idea de cómo nos las vamos a arreglar para vivir. Pero estamos en casa. Estamos dispuestas a buscar a nuestra hermana Klara, que dio un concierto en Praga hace tan solo unas semanas. Klara, que está viva en algún lugar.

Atravesamos el parque Mestský en dirección al centro de la ciudad. La gente está sentada en mesas con bancos al aire libre. Los niños se reúnen alrededor de las fuentes. Ahí está el reloj desde donde Sara y yo observábamos cómo los chicos llegaban expectantes con la esperanza de conocernos y ligar con nosotras. Ahí está el balcón del taller de nuestro padre, con las insignias de oro brillando en el barandal. ¡Está aquí! Estoy tan segura de ello que puedo oler su tabaco y notar su bigote en la mejilla. Pero las ventanas del taller están a oscuras. Caminamos hacia nuestro departamento en la calle Kossuth Lajos, número 6, y ahí, en la banqueta, cerca del lugar donde estaba estacionado el camión antes de trasladarnos a la fábrica de ladrillos, se produce el milagro. Klara se materializa saliendo por la puerta principal. Lleva el cabello recogido en una trenza como nuestra madre. Lleva su violín. Cuando me ve deja caer la funda del violín en la banqueta y se echa a correr hacia mí. Está gimiendo.

—¡Dicuka, Dicuka! —grita.

Me toma en brazos como a un bebé, sus brazos son una cuna.

—¡No nos abraces! —chilla Magda—. ¡Estamos llenas de chinches y llagas!

Creo que lo que quiere decir es: «Querida hermana, estamos llenas de cicatrices». Lo que quiere decir es: «No permitas que lo que hemos visto te haga daño a ti. No lo empeores. No nos preguntes qué nos pasó. No te desvanezcas».

Klara me acuna sin cesar.

—¡Es mi pequeña! —le dice a un desconocido que pasa a nuestro lado.

De repente se convierte en mi madre. Seguro que nos ha visto en la cara que ese puesto está vacante y tiene que cubrirse.

Ha pasado por lo menos un año y medio desde que la vimos por última vez. Va camino de la emisora de radio a dar un concierto. Estamos desesperadas por no perderla de vista, por que no se aleje de nosotras.

—Quédate, quédate —suplicamos, pero ya llega tarde.

—Si no toco, no comemos —dice—. Corran, entren conmigo.

Quizá sea una suerte no tener tiempo para hablar. No sabríamos por dónde empezar. Aunque para Klara debe de ser traumático vernos tan deterioradas físicamente, puede que eso también sea una suerte. Así Klara puede hacer algo concreto para expresar su amor y su alivio, para marcarnos el camino a la recuperación. Necesitaremos algo más que descanso. Tal vez no nos recuperemos nunca. Sin embargo, hay algo que sí puede hacer ahora. Nos lleva adentro y nos despoja de la ropa sucia. Nos ayuda a acostarnos sobre las sábanas blancas de la cama en la que dormían nuestros padres. Nos aplica loción de calamina en el sarpullido que nos cubre el cuerpo. El sarpullido que nos provoca comezón constante pasa inmediatamente de nuestro cuerpo al suyo, por lo que a duras penas puede dar el concierto a causa de la quemazón que siente por toda la piel. Nuestro reencuentro es físico.

Magda y yo pasamos por lo menos una semana en la cama, desnudas, con el cuerpo empapado en calamina. Klara no nos pregunta nada. No nos pregunta dónde están nuestra madre y nuestro padre. Habla para que nosotras no tengamos que hacerlo. Habla para no tener que oír nada. Todo lo que nos dice lo expresa como un milagro. Y es realmente milagroso. Aquí estamos las tres juntas. Somos afortunadas. Hay pocas reuniones como la nuestra. De los más de quince mil deportados de nuestra ciudad estamos entre los setenta que regresaron. Nuestra tía y nuestro tío (los hermanos de nuestra madre) fueron arrojados desde un puente y se ahogaron en el Danubio, nos cuenta Klara directamente y sin tapujos, pero cuando estaban deteniendo a los últimos judíos que quedaban en Hungría ella logró escapar. Vivió en la casa de su profesor, haciéndose pasar por gentil.

—Un día mi profesor me dijo: «Tienes que aprenderte la Biblia a partir de mañana, porque vas a empezar a enseñarla. Vas a vivir en un convento de monjas». Parecía la mejor manera de permanecer oculta. El convento estaba a casi 320 kilómetros de Budapest. Llevaba un hábito. Pero un día una chica de la academia me reconoció y tuve que escabullirme en un tren de vuelta a Budapest.

Durante el verano recibió una carta de nuestros padres. Era la carta que le habían escrito cuando estábamos en la fábrica de ladrillos, en la que le decían que estábamos presos, que estábamos juntos y a salvo, que pensábamos que nos iban a trasladar a un campo de trabajo llamado Kenyérmező. Recuerdo haber visto a mi madre dejar caer la carta en la calle durante nuestra evacuación de la fábrica de ladrillos, ya que no había forma de enviarla. En aquel momento pensé que la había tirado, resignada. Sin embargo, al escuchar a Klara explicar la historia de su supervivencia lo veo todo diferente. Al soltar la carta mi madre no estaba renunciando a toda esperanza, sino que la estaba avivando. En cualquier caso, tanto si la dejó caer derrotada como si lo hizo esperanzada, asumió un riesgo. La carta señalaba a mi hermana, una judía de cabello rubio que estaba escondida en Budapest. En ella aparecía su dirección. Mientras avanzábamos lentamente en la oscuridad hacia Auschwitz, alguien, un desconocido, sostenía aquella carta en las manos. Podría haberla abierto. Podría haber delatado a Klara a los cruces flechadas. La podría haber tirado a la basura o haberla dejado en la calle. Sin embargo, aquel desconocido le puso un sello y la envió por correo a Klara, en Budapest. Esto me parece tan increíble como la reaparición de mi hermana; es un truco de magia, la prueba de que existe una cuerda salvavidas entre nosotras; la prueba de que, incluso en aquel momento, seguía habiendo bondad en el mundo. A través de la tierra levantada por tres mil pares de pies, muchos de los cuales se dirigían directamente a una chimenea en Polonia, la carta de nuestra madre salió volando. Una chica rubia dejó a un lado su violín para rasgar el sobre.

Klara nos cuenta otra historia con final feliz. Al saber que habíamos sido evacuados de la fábrica de ladrillos, que esperábamos que cualquier día nos enviaran a Kenyérmező o a quién sabe dónde, acudió al consulado alemán en Budapest para solicitar que la enviaran a donde estuviéramos. En el consulado el portero le dijo: «Niñita, vete. No entres aquí». Ella no estaba dispuesta a aceptar un no por respuesta. Intentó meterse a escondidas en el edificio. El portero la vio y le pegó, golpeándola en los hombros, el estómago y la cara. «Vete de aquí», le volvió a decir.

—Me pegó y me salvó la vida —nos dice.

Hacia el final de la guerra, cuando los rusos rodeaban Budapest, los nazis estaban aún más decididos a vaciar la ciudad de judíos.

—Teníamos que llevar tarjetas de identificación con nuestro nombre, religión y fotografía. Comprobaban esas tarjetas en la calle continuamente y, si veían que eras judía, podían matarte. Yo no quería llevar la tarjeta, pero me temía que necesitaría tener algo que demostrara quién era después de la guerra, de modo que decidí entregarle la mía a una amiga para que me la guardara. Vivía al otro lado del puerto, así que tuve que cruzar el puente para llegar hasta allí y cuando llegué al puente los soldados estaban comprobando identidades. Me dijeron: «Por favor, identifícate». Dije que no llevaba nada y, por alguna razón que desconozco, me dejaron pasar. El pelo rubio y los ojos azules debieron de convencerlos. Nunca volví a casa de mi amiga a recuperar mi tarjeta.

«Si no puedes entrar por una puerta, entra por una ventana», decía nuestra madre. No hay una puerta a la supervivencia. Ni a la recuperación. Son todo ventanas. Cerraduras que no puedes alcanzar fácilmente, cristales demasiado pequeños, espacios por los que no cabe un cuerpo. Pero no te puedes quedar donde estás. Tienes que encontrar la manera de salir.

Tras la rendición de Alemania, mientras Magda y yo estábamos recuperándonos en Wels, Klara volvió a un consulado, esta vez al consulado ruso, porque el Ejército Rojo había liberado Budapest del control nazi, a intentar averiguar qué había sido de nosotras. No tenían información sobre nuestra familia, pero, a cambio de un concierto gratuito, se ofrecieron a ayudarla a llegar a Košice.

—Doscientos rusos asistieron al concierto y luego me llevaron a casa en el techo de un tren. Me vigilaban cuando parábamos y mientras dormía.

Cuando abrió la puerta de nuestro antiguo departamento todo estaba revuelto: habían saqueado nuestros muebles y pertenencias. Las habitaciones se habían utilizado como establo y los suelos estaban cubiertos de excrementos de caballo. Mientras nosotras estábamos aprendiendo a comer, a andar y a escribir nuestros nombres en Wels, Klara empezó a dar conciertos a cambio de dinero y a trapear los suelos.

Y ahora llegamos nosotras. Cuando se nos curan las erupciones salimos del departamento por turnos. Solamente tenemos un buen par de zapatos para las tres. Cuando me toca a mí usarlos camino despacio por la banqueta, adelante y atrás, demasiado débil todavía para alejarme mucho. Un vecino me reconoce.

—Me sorprende que lo hayas conseguido —dice—. Siempre fuiste una niña delgaducha.

Siento una sensación de triunfo. ¡Contra todo pronóstico, un final feliz! Sin embargo, me siento culpable. ¿Por qué yo? ¿Por qué me salvé? No hay explicación. Es una casualidad. O un error.

El retrato de nuestra madre sigue colgado en la pared. Lleva el cabello oscuro peinado con la raya en medio y recogido en un chongo apretado. Unos cuantos cabellos rizados le acarician la tersa frente. En la foto no sonríe, pero sus ojos son más sinceros que severos. Nos observa, sabia y sensata. Magda habla con su retrato como hacía nuestra madre. A veces le pide ayuda. A veces murmura y despotrica. «Esos putos nazis… Esos malditos cruces flechadas…» El piano que estaba apoyado contra la pared bajo su retrato desapareció. El piano estaba tan presente en nuestro día a día que era casi invisible, como la respiración. Ahora su ausencia domina la estancia. Magda se enfurece ante el espacio vacío. Al no estar el piano, a ella también le falta algo. Una parte de su identidad. Un medio para expresarse. Su ausencia le provoca rabia. Una rabia vibrante, rotunda, obstinada. La admiro por ello. A mí la rabia se me queda dentro y se me enquista en los pulmones.

Magda va recuperando las fuerzas con el paso de los días, pero yo continúo estando débil. La parte superior de la espalda me sigue doliendo y hace que me resulte difícil andar, y tengo el pecho muy congestionado. Casi nunca salgo de casa. Hay un sitio al que quiero ir, una persona por la que quiero preguntar, pero tengo que recuperar las fuerzas. Tengo que prepararme para asumir el riesgo.

Dependo de mis hermanas: Klara, mi fiel enfermera; Magda, mi fuente de noticias, mi conexión con el mundo exterior. Un día llega a casa sin aliento.

—¡El piano! —dice—. ¡Lo encontré! Está en la cafetería. *Nuestro* piano. Tenemos que recuperarlo.

El dueño de la cafetería no cree que sea nuestro. Klara y Magda suplican por turnos. Describen los conciertos de música de cámara de la familia en la sala y cómo János Starker, un violonchelista amigo de Klara, otro niño prodigio del conservatorio, dio un concierto con ella en nuestra casa el año en que debutó como profesional. Sus palabras no sirven de nada. Finalmente Magda busca al afinador del piano. Va con él al café, habla con el propietario y luego mira bajo la tapa del piano para ver el número de serie. «Sí —asiente—, es el piano de los Elefánt.» Reúne a un grupo de hombres para que lo lleven de nuevo a nuestro departamento.

¿Hay algo en mi interior que pueda verificar *mi* identidad, que pueda devolverme a mí misma? Si eso existiera, ¿a quién acudiría para que levantara la tapa y leyera el código?

Un día llega un paquete de la tía Matilda. «Valentine Avenue, Bronx», dice el remite. Envía té y Crisco. Nunca hemos visto Crisco antes, así que no tenemos ni idea de que se trata de un sucedáneo de la mantequilla que se utiliza para cocinar y hornear. Lo comemos solo, extendiéndolo en el pan. Reutilizamos las bolsitas de té una y otra vez. ¿Cuántas tazas podemos preparar con las mismas hojas?

Empiezo a dar paseos más largos por la ciudad. Son paseos de entrenamiento. Encuentros de práctica con mi vida anterior a la guerra. Encontrar a Eric es la tarea más importante. Empezaré con reuniones menos vitales y de ahí para arriba. Camino hasta el gimnasio. No estoy segura de lo que le voy a decir a mi entrenadora si la veo. No estoy segura de cómo me sentiré. Pero tengo que aprender a volver a ser Edith, la Edith que ha sobrevivido, la Edith que regresó. El gimnasio no está cerrado. Subo por las conocidas escaleras. Huele a sudor y a caucho, medio amargo y medio dulce. Unas chicas jóvenes están entrenando en las colchonetas y en las barras. Una chica está practicando en la cuerda, otra está haciendo aperturas de piernas. Nadie se me acerca. No reconozco a nadie y nadie parece reconocerme. Pregunto por mi entrenadora.

—¿Cuándo está previsto que vuelva? —le pregunto a una de las nuevas entrenadoras.

Me mira fijamente durante un momento y a continuación niega con la cabeza.

—Ya no trabaja aquí —dice.

Al principio pienso que está hablando en clave, con eufemismos. Si alguien viniera a casa buscando a nuestra madre yo podría decirle: «Ya no vive aquí». No tendría por qué decir: «Está muerta». Sin embargo, para los gentiles, para aquellos que vivieron la guerra en casa, una afirmación así de anodina («Ya no trabaja aquí») podría ser simplemente la verdad. Sin más. Sin estar motivada por lo que no se puede decir.

Podría ir a su casa, como hice una vez. Esta vez podría tocar el timbre en lugar de atisbar desde la banqueta. Pero estoy cansada. Me duele la espalda. ¿Qué podríamos decirnos?

De vuelta a casa una mujer se detiene en la banqueta y me fulmina con la mirada.

—Volvieron más de los que se fueron —dice—. Tendrían que haber muerto todos.

Su odio me enerva. ¿Cómo puede siquiera saber que soy una superviviente, una judía? ¿Y qué la llevó a hablarme en ese horrible tono?

Sin embargo, una parte de mí está de acuerdo con ella. Todos deberíamos haber muerto. Así no quedaría nadie para sentir esta pérdida constante y lacerante.

De vez en cuando suena el timbre y pego un salto en la cama. Esos son los mejores momentos. Hay alguien esperando en la puerta y, durante los segundos que transcurren antes de abrir, esa persona podría ser cualquiera. A veces me imagino que es nuestro padre. Al final sobrevivió a la primera selección. Logró que lo pusieran a trabajar y aparentar ser joven durante el resto de la guerra, y aquí está, fumando, sosteniendo un trozo de jaboncillo, con una larga cinta métrica que le cuelga del cuello como una bufanda. A veces es a Eric a quien me imagino en la entrada. Lleva un ramo de rosas.

Un día Lester Korda, uno de los dos hermanos que viajaron con nosotras en el tren de Wels a Viena, llama a la puerta. Vino a ver cómo nos va. «Llamadme Csicsi», dice. Es como un soplo de aire fresco que inunda nuestras habitaciones rancias. Mis hermanas y yo vivimos en un limbo permanente, mirando hacia atrás y avanzando. Utilizamos gran parte de nuestra energía exclusivamente para recuperar cosas: la salud, nuestras pertenencias y todo lo que podemos de nuestra vida anterior a la pérdida y el cautiverio. La amabilidad de Csicsi y su interés por nuestro bienestar me recuerdan que hay más cosas por las que vivir.

Klara está en la otra habitación ensayando con su violín. Los ojos de Csicsi se iluminan al oír la música. «¿Puedo conocer a la intérprete?», pregunta, y Klara accede. Toca unas zardas húngaras. Csicsi baila. Puede que haya llegado el momento de construir nuestra vida, no tal como era, sino empezando de cero.

Csicsi se convierte en un visitante habitual. Cuando Klara tiene que viajar a Praga para dar otro concierto Csicsi se ofrece a acompañarla.

—¿Voy preparando el pastel de boda? —pregunta Magda.

—¡Para ya! —dice Klara—. Tiene novia. Solo está siendo amable.

—¿Estás segura de que no se están enamorando? —pregunto.

—Se acuerda de nuestros padres —dice Klara— y yo me acuerdo de los suyos.

Otra tarde, cuando Magda y Klara han salido, una mujer llama a la puerta. Sus ojos son de color café oscuro. Pregunta por mi padre. Pienso que debe de tratarse de una clienta.

—No ha vuelto —digo, como si solamente hubiera ido a jugar al billar con sus amigos o a París a comprar género.

Los ojos se le llenan de lágrimas.

—Yo lo quería mucho —dice.

Las piezas encajan. No es una antigua clienta que vino a preguntar por un traje o por un vestido. Es su amante. Su querida. Una parte de mí quiere abrazarla muy fuerte; es un vínculo con mi padre. Quiero invitarla a pasar, hacerme amiga de ella, escuchar todo lo que pueda contarme sobre mi padre. Sin embargo, su existencia también me revela un padre que es un desconocido. Que llevaba una vida secreta. Permitir que sus recuerdos de él entren en mi entorno sería como traicionar los míos propios.

Antes de que pueda reunir las palabras me entrega un sobre.

—Si vuelve —dice—, dale esto, por favor.

Cierro la puerta detrás de ella, agarrando la carta como un cepo. Tirarla significaría perder toda esperanza de que mi padre pueda regresar algún día. Si me la quedo, mis hermanas me preguntarán qué es y quién la envía. Yo solía disfrutar de las raras ocasiones en que sabía algo que mis hermanas ignoraban. Ahora saber esto me parece un castigo.

Cedo. Introduzco la carta entre dos libros llenos de polvo en un librero.

La visita de la mujer me convence de que ya es hora de saber algo sobre Eric. Camino hasta su casa, todavía con las fuerzas justas, el corazón palpitando y el cuerpo ardiendo por demasiadas sensaciones: emoción, miedo, terror. Me ha acompañado durante todos estos meses horribles. Me ha mantenido con vida. Pero ahora voy a cambiar la fantasía por la realidad, sea la que sea.

Me obligo a mover los pies. «Es temporal», me digo. Un paso. Otro paso. La incertidumbre me corroe. Pero no durará eternamente. Se transformará en otra cosa. Tal vez en un amor apasionado. Tal vez en distanciamiento o decepción. Tal vez en pesar.

Llego a la puerta. Estoy temblando. Mis manos parecen de plomo. Me apoyo en la pared de ladrillo antes de tocar el timbre. Toco y espero, conteniendo la respiración. La sangre se me sube a la cabeza, sonora y palpitante. Vuelvo a tocar; el sudor se enfría sobre mi piel; de repente mi cuerpo está frío, a pesar del calor del sol. Estoy a punto de asumir mi derrota e irme cuando la puerta se entreabre, y luego se abre más. Hay una empleada doméstica en la entrada, mirándome con curiosidad y suspicacia.

Le digo mi nombre. Se me quiebra la voz. Le digo que estoy buscando a Eric. Por un momento parece que está a punto de decirme que pase, de decirme que haga el favor de esperar mientras va a buscarlo.

—Lo siento —dice—. Llevo cuidando de la propiedad más de un año. No ha vuelto nadie de la familia.

No sé qué la lleva a añadir otra palabra a la frase; no sé si lo hace para calmarse o para consolarme.

—*Aún* —dice—. No ha vuelto nadie aún.

Estoy llorando. Me dedica una sonrisa tímida y triste y cierra la puerta y yo vuelvo a casa, sin apenas poder ver a través de las lágrimas que me recorren la cara. Magda y Klara me meten en la cama. Me abrazan, una a cada lado, mientras lloro.

—Dicuka, Dicuka —dicen.

Lloro porque al parecer nunca dormiré con la cabeza apoyada en el pecho de Eric. Lloro porque la manera en que me abrazan mis hermanas también es amor.

—Shhh —me dicen, acariciándome la espalda y la cabeza.

Me recuerdan que muchos supervivientes aún continúan en campos de desplazados por toda Europa. Que podemos rastrear los periódicos de la Administración de las Naciones Unidas para el Auxilio y la Rehabilitación en busca de nombres conocidos entre la lista de supervivientes desperdigados por el continente.

Lloro por todo lo que tengo y por lo que no tengo.

Klara me cuida como si fuera mi madre. Lo hace por amor y por instinto natural. Pienso que también lo hace porque se siente culpable. No estuvo en Auschwitz para protegernos. Siempre cocina ella. Me da de comer con una cuchara como si fuera un bebé. La quiero. Me encantan sus cuidados. Me encanta que me abrace y que me haga sentir a salvo. Pero también es agobiante. Su amabilidad no me deja respirar, y parece que necesita algo de mí a cambio. No gratitud ni reconocimiento, sino algo más profundo. Noto que depende de mí para cumplir sus propios objetivos. Para que su razón de ser tenga sentido. Al cuidar de mí descubre la razón por la cual se salvó. Mi papel consiste en estar lo suficientemente sana para seguir viva, pero lo bastante indefensa para necesitarla. Esa es la razón por la cual sobreviví.

A finales de junio mi espalda todavía no está curada. Noto un crujido desgarrador constante entre los omóplatos. Aún me duele el pecho, incluso al respirar. Entonces aparece la fiebre. Klara me lleva al hospital. Insiste en que me den una habitación individual y que reciba los mejores cuidados. Me preocupan los gastos, pero ella dice que dará más conciertos; encontrará la manera de cubrirlos. Reconozco al médico que pasa a examinarme. Es el hermano mayor de una antigua compañera de colegio. Se llama Gaby. Recuerdo que su hermana lo llamaba «el ángel Gabriel». Me entero de que murió. Murió en Auschwitz. Me pregunta si la vi allí alguna vez. Ojalá tuviera alguna última imagen de ella para que su hermano la recordara; me planteo mentirle y contarle una historia en la que la vi hacer algo valiente o la oí hablar de él con cariño. Pero no le miento. Yo preferiría afrontar lo que desconozco de mi padre y de Eric a que me dijeran algo que, aunque me consolara, no fuera verdad. El ángel Gabriel me proporciona los primeros cuidados médicos desde la liberación. Me diagnostica fiebre tifoidea, neumonía, pleuritis y una fractura en la espalda.

Me fabrica un corsé extraíble que me cubre todo el torso. Por la noche lo coloco en la cama para poder meterme dentro de mi caparazón de yeso.

Gaby viene a casa para ver cómo estoy. No me cobra por su asistencia médica. Nos sentamos y recordamos. Aparte del día en que fui a casa de Eric y mis hermanas me abrazaron mientras lloraba, no puedo lamentarme delante de ellas, no explícitamente. Todo está demasiado fresco, demasiado reciente. Lamentarme delante de ellas parecería una profanación del milagro que representa el hecho de estar juntas. Sin embargo, con Gaby puedo hablar y llorar más abiertamente. Un día le pregunto por Eric. Gaby lo recuerda, pero no sabe qué fue de él. Tiene unos amigos que trabajan en un centro de repatriación de los montes Tatra, donde se quedaron algunos supervivientes de los campos antes de volver a casa. Dice que les pedirá que intenten averiguar algo sobre Eric.

Una tarde Gaby me examina la espalda. Espera hasta que estoy acostada boca abajo para contarme lo que averiguó.

—Eric fue enviado a Auschwitz —dice—. Murió en enero. El día antes de la liberación.

Estallo en un lamento. Creo que el pecho me va a explotar. La conmoción de la pena es tan enorme que no me salen las lágrimas, tan solo un gemido entrecortado en la garganta. Aún no soy capaz de pensar con claridad ni de preguntarme cosas sobre los últimos días de mi amado; sobre su sufrimiento, sobre su estado de ánimo cuando su cuerpo se rindió. Estoy consumida por el pesar y la injusticia de perderlo. Si hubiera podido aguantar algunas horas más, puede que tan solo unos momentos, ahora podríamos estar juntos. Gimo en la mesa hasta que mi voz se vuelve ronca.

Cuando la conmoción desaparece entiendo que, de manera sorprendente, el dolor de la certeza es un consuelo. No tengo la misma certeza acerca de la muerte de mi padre. Saber con seguridad que Eric ya no está es como recibir un diagnóstico después de un largo sufrimiento. Puedo identificar el motivo del dolor. Puedo concretar qué hay que curar.

Pero un diagnóstico no es una cura. Ahora no sé qué hacer con la voz de Eric, con las sílabas que recuerdo, con la esperanza.

13
La decisión

A finales de julio la fiebre ha desaparecido, pero Gaby aún no está satisfecho con mi evolución. Mis pulmones, congestionados durante demasiado tiempo a causa de la espalda rota, están llenos de líquido. Le preocupa que haya podido contraer tuberculosis y me recomienda que vaya a un hospital para tuberculosos situado en los montes Tatra, cerca del centro de repatriación donde se enteró de que Eric había muerto. Klara me acompañará en tren hasta el pueblo más cercano a los montes y Magda se quedará en el departamento. Después de todos los esfuerzos por recuperarlo no podemos arriesgarnos a dejarlo vacío, ni siquiera un día, por si se presenta un visitante inesperado.

Durante el viaje Klara me cuida como si fuera una niña pequeña. «¡Miren a mi chiquitina!», exclama ante el resto de los pasajeros. Les sonrío como si fuera un bebé precoz. Prácticamente parezco uno. El cabello se me ha vuelto a caer a causa de la fiebre tifoidea y está empezando a crecer de nuevo, tan suave como el cabello de un recién nacido. Klara me ayuda a cubrirme la cabeza con una pañoleta. A medida que ascendemos noto el aire puro alpino en el pecho, pero todavía me cuesta respirar. Siento un lodo constante en los pulmones. Es como si todas las lágrimas que no consigo derramar estuvieran formando un charco en mi interior. No puedo ignorar la pena, pero al parecer tampoco puedo expulsarla.

Klara tiene que regresar a Košice para actuar otra vez en la radio (sus conciertos son nuestra única fuente de ingresos) y no puede acompañarme al hospital para tuberculosos en el que tengo que permanecer hasta que me recupere, pero se niega a dejar que vaya sola. Preguntamos en el centro de repatriación para ver si alguien conoce a alguna persona que vaya a ir al hospital y me dicen que hay un joven que se aloja en un hotel cercano que también va a ir allí a recibir tratamiento. Cuando me acerco a él en el pasillo está besando a una chica.

—Nos vemos en el tren —gruñe.

Cuando me acerco a él en el andén de la estación aún está besando a la chica. Tiene el cabello oscuro y debe de tener unos diez años más que yo, aunque la guerra ha hecho que sea difícil determinar la edad de la gente. Yo voy a cumplir dieciocho años en septiembre, pero con las extremidades tan delgadas, el pecho plano y la cabeza calva parezco tener doce. Permanezco incómoda a su lado mientras se abrazan, sin saber muy bien cómo llamar su atención. Estoy molesta. ¿Este es el hombre con quien me van a dejar?

—Señor, ¿puede ayudarme? —pregunto por fin—. Tengo entendido que tiene usted que acompañarme al hospital.

—Estoy ocupado. —Apenas interrumpe sus besos para responderme. Es como un hermano mayor que se quita de encima a una hermana molesta—. Nos vemos en el tren.

Tras los constantes mimos y cuidados de Klara, su desdén me resulta chocante. No sé por qué me afecta tanto. ¿Acaso se debe a que su novia está viva y mi novio está muerto? ¿O será que ya tengo tan poca autoestima que sin la atención o la aprobación de otra persona tengo la impresión de que estoy en peligro de desaparecer por completo?

En el tren me compra un sándwich y él se compra un periódico. No hablamos, salvo para decirnos nuestros nombres y las formalidades de rigor. Se llama Béla. Para mí no es más que una persona maleducada en un tren, una persona a la que le tengo que pedir ayuda a regañadientes, una persona que únicamente me ayuda a regañadientes. Cuando llegamos a la estación nos enteramos de que tenemos que ir caminando hasta el hospital para tuberculosos, y ahora no hay ningún periódico que lo pueda distraer.

—¿Qué hacías antes de la guerra? —pregunta.

Noto algo de lo que no me había dado cuenta antes: tartamudea al hablar. Le digo que era gimnasta y bailarina de *ballet.*

—Eso me recuerda a un chiste —me dice.

Lo miro expectante, preparada para recibir una dosis de humor húngaro, preparada para sentir el alivio que sentí en Auschwitz cuando Magda y yo organizamos el concurso de pechos con nuestras compañeras de barracón, el alivio de la risa en momentos terribles.

—Este era un pájaro —dice— que estaba a punto de morir. En esas que llega una vaca y lo calienta un poco con lo que sale por atrás, ya me entiendes, y el pájaro empieza a revivir. Entonces pasa un camión y acaba con el pájaro. Luego pasa por allí un viejo caballo sabio y al ver al pájaro muerto en la carretera dice: «¿No te dije que si tienes la cabeza llena de mierda no bailes?».

Béla se ríe de su propio chiste, pero yo me siento insultada. Pretende ser gracioso, pero creo que lo que intenta decirme es que tengo la cabeza llena de mierda. Creo que piensa que soy un verdadero desastre. Creo que quiere decir que no deberías considerarte una bailarina con ese aspecto. Por un momento, antes de ofenderme, había sido un alivio enorme ser objeto de su atención, un alivio enorme que me preguntara quién era antes de la guerra. Un alivio enorme el hecho de que tuviera en cuenta a la persona que existía, que florecía, antes de la guerra. Su chiste confirma hasta qué punto la guerra me ha cambiado y deteriorado. Me duele que un desconocido me suelte una grosería. Me duele porque tiene razón. Soy un desastre. Sin embargo, no permitiré que un hombre insensible o su sarcasmo húngaro se salgan con la suya. Le demostraré que la grácil bailarina sigue viva en mi interior, por muy corto que tenga el cabello, por muy delgada que sea mi cara, por muy profundo que sea el pesar que habita en mi pecho. Doy un salto delante de él y me abro de piernas en medio de la carretera.

Resulta que no tengo tuberculosis. De todas formas, me mantienen ingresada tres semanas en el hospital para tratarme el líquido que me encharca los pulmones. Tengo tanto miedo a contraer tuberculosis que abro las puertas con los pies en lugar de con las manos, aunque sé que la enfremedad no se contagia por el tacto ni por los gérmenes de las manijas de las puertas. Que no tenga tuberculosis es una buena noticia, pero sigo sin estar bien. No tengo vocabulario suficiente para explicar la sensación de encharcamiento en los pulmones, el oscuro latido en la frente. Es como si tuviera arenilla en los ojos. Me cuesta grandes esfuerzos levantarme de la cama. Me cuesta grandes esfuerzos respirar. Pero el peor esfuerzo es el existencial. ¿Por qué habría de levantarme? ¿Para qué me voy a levantar? No tuve pensamientos suicidas en Auschwitz. No me planteé nunca ahorcarme ni lanzarme contra la valla. Mantuve viva la esperanza. «Si sobrevivo hoy, mañana seré libre.»

Lo irónico de la libertad es que es más difícil encontrar una esperanza y un objetivo. En los campos de exterminio, cuando todos y cada uno de los días estaba rodeada de personas que decían «La única forma de salir de aquí es con los pies por delante», las profecías agoreras me proporcionaban algo contra lo que luchar. Ahora los únicos demonios están en mi interior. La rabia que me hierve en las entrañas por la vida que me han arrebatado. Lo que duele no es solo la pérdida irrevocable. Es la forma en que se extiende hasta el futuro, la manera en que se perpetúa. Mi madre me decía que buscara un hombre de frente ancha porque eso significa que es inteligente. «Fíjate en cómo usa el pañuelo», decía. «Asegúrate de que traiga siempre uno limpio encima. Asegúrate de que traiga los zapatos boleados.» Ella no estará presente en mi boda. Nunca sabrá en quién me he convertido, a quién elijo. ¿Por qué no elegir no ser?

A partir de ahora cada día será doloroso. El pesar no sucede una sola vez. Dura para siempre. Sucede durante el resto de tu vida. ¿Qué sentido tiene? Qué sentido tiene? ¿Qué sentido tiene?

A Béla le han asignado la habitación que está justo encima de la mía. Un día pasa por mi habitación para ver cómo estoy.

—Te voy a hacer reír —dice—, y eso hará que te sientas mejor. Ya lo verás.

Mueve la lengua, se estira de las orejas, hace ruidos de animales; cosas que harías para entretener a un bebé. Es absurdo, puede que ofensivo, pero no puedo contenerme. La risa brota como una oleada. «No te rías», me han advertido los médicos, como si corriera peligro de morirme de risa. «Si te ríes, te dolerá más.» Tenían razón. Sí duele, pero también es agradable.

Esa noche no puedo dormir pensando que está justo en la habitación de arriba, pensando en cosas con las que impresionarlo, cosas que había estudiado en el colegio. Al día siguiente, cuando viene a mi habitación, le explico todo lo que he podido recordar sobre los mitos griegos, aludiendo a los dioses y diosas más desconocidos. Le hablo de *La interpretación de los sueños* de Freud. Actúo para él, como actuaba en su día para los invitados de mis padres, cuando llegaba mi turno bajo los focos antes de que Klara, la estrella protagonista, saliera al escenario. Me mira como un profesor mira a una alumna destacada. Me cuenta muy poco sobre él, pero me entero de que estudió violín cuando era joven y todavía le encanta escuchar grabaciones de música de cámara y hacer como que dirige una orquesta en el aire.

Béla tiene veintisiete años. Yo no soy más que una niña. Hay otras mujeres en su vida. La mujer a la que estaba besando en el andén de la estación cuando lo interrumpí. Y, según me cuenta, otra paciente que está ingresada aquí, en el hospital para tuberculosos, la mejor amiga de su prima Marianna, una chica con la que salía en la preparatoria, antes de la guerra. Está muy enferma. No va a salir de esta. Él dice que es su prometido, en un gesto de esperanza hacia ella en su lecho de muerte, un gesto de esperanza hacia la madre de la chica. Además, tiene una esposa, casi una desconocida con la que nunca ha intimado, una mujer gentil con la que llegó a un acuerdo para contraer un matrimonio de conveniencia durante los primeros días de la guerra en un intento de proteger a su familia y su patrimonio.

No es amor. Lo que sucede es que tengo hambre, mucha hambre, y a él le divierte estar conmigo. Y me mira como Eric me miró aquel día, hace ya mucho tiempo, en el club de lectura, como si yo fuera inteligente, como si tuviera cosas que decir que valieran la pena. De momento ya me sirve.

Durante mi última noche en el hospital para tuberculosos la chica de la cama de al lado me indica con gestos que me siente a su lado. Está muy enferma, demasiado débil para hablar, pero me sonríe levemente y me entrega un regalo, una bonita falda plisada. Entiendo por qué me la regala. Sabe que no va a volver a casa, que va a vivir los días o semanas o meses que le queden allí mismo, en esa cama. No tiene elección. Pero yo sí.

Me meto en la cama. Permanezco acostada en la oscuridad, sintiendo el frescor de las sábanas y el confort de la habitación. Pienso en la chica moribunda que está a mi lado y en que podría haberme tenido envidia o haberse girado hacia la pared. Hasta una chica condenada a muerte tiene opciones. Y yo también las tengo. Llega hasta mí una voz desde lo más profundo de las montañas, desde el centro mismo de la tierra. Atraviesa el suelo y el fino colchón, me envuelve, me enciende. «Si vives —dice la voz—, tienes que luchar por algo.»

—Te escribiré —dice Béla por la mañana cuando nos despedimos.

No es amor. No lo tomo en cuenta.

Sin embargo, algo en mí cambió. Ya no oigo el zumbido incesante en la cabeza diciéndome «¿Por qué yo?» y «¿Qué sentido tiene?». La cantinela de la desesperación, el sinsentido y el victimismo cambió. «¿Y ahora qué?», me oigo repetirme. Siento curiosidad. Estoy viva. Estoy aquí. Aún estoy débil y recuperándome, pero siento que puedo afrontar lo que sea que esté por venir. Que cualquier cosa que sucede abre una puerta, crea una oportunidad de descubrir algo. ¿Y ahora qué? ¿Qué pasará ahora? ¿Qué dirección tomaré a continuación? ¿Qué flecha seguiré?

Cuando llego a Košice Magda viene a buscarme a la estación de tren. Klara se ha mostrado tan posesiva conmigo desde nuestro reencuentro que olvidé lo que es estar a solas con Magda. Le ha crecido el cabello. El cabello ondulado le enmarca la cara. Sus ojos vuelven a brillar. Está guapa.

Tiene un montón de chismes de las tres semanas en que estuve fuera. Csicsi rompió con su novia y ahora está cortejando a Klara descaradamente. Los supervivientes de Košice han formado un club social y ella ya prometió que actuaré. Y Laci, el hombre que viajó con nosotras en el techo del tren, nos escribió para decirnos que recibió una declaración jurada de apoyo de sus familiares de Texas. Dentro de poco se reunirá con ellos en un lugar llamado El Paso, me dice Magda, donde trabajará en su tienda de muebles y ahorrará dinero para inscribirse en la Facultad de Medicina.

—A Klara más le vale no humillarme casándose antes que yo —dice Magda.

Así es como nos curamos. Ayer, canibalismo y asesinatos.

Ayer, escogiendo briznas de hierba. Hoy, las anticuadas costumbres y propiedades, las normas y los roles que hacen que nos sintamos normales.

—Mira —dice mi hermana—, tengo una cosa para ti. —Me entrega un sobre con mi nombre escrito en la letra cursiva que nos enseñaron en el colegio—. Vino alguien que te conoce.

Por un momento creo que se refiere a Eric. Está vivo. Dentro del sobre está mi futuro. Me esperó. O ya rehizo su vida.

Pero el sobre no es de Eric. Y no contiene mi futuro. Contiene mi pasado. En su interior hay una foto mía, tal vez la última foto que me tomó antes de Auschwitz, la foto que me tomó Eric haciendo aperturas de piernas, la foto que le entregué a mi amiga para que la guardara. Sostengo entre los dedos a la persona que aún no ha perdido a sus padres, que no sabe que pronto perderá a su amado.

Esa noche Magda me lleva a una reunión del club social. Klara y Csicsi están allí, y también Imre, el hermano de Csicsi, y mi vieja amiga Sara, que también sobrevivió. Gaby, mi médico, también está, y tal vez por eso, a pesar de estar débil, accedo a bailar. Quiero demostrarle que me estoy recuperando. Quiero demostrarle que el tiempo que ha dedicado a mi cuidado ha valido la pena, que no ha caído en saco roto. Le pido a Klara y al resto de los músicos que toquen *El Danubio azul* y empiezo mis movimientos, la misma danza que hace poco más de un año interpreté durante la primera noche que pasé en Auschwitz, la danza por la que Josef Mengele me recompensó con una hogaza de pan. Los pasos no han cambiado, pero mi cuerpo sí lo ha hecho. Mis músculos ya no son esbeltos y flexibles y ya no tengo fuerza en las extremidades ni en el torso. Soy una cáscara que respira con dificultad, una chica con la espalda rota y sin cabello. Cierro los ojos como hice en el barracón. Aquella lejana noche cerré los párpados para no tener que ver los ojos aterradores y asesinos de Mengele, para evitar derrumbarme bajo la fuerza de su mirada. Ahora cierro los ojos para sentir mi cuerpo, no para escapar de la habitación, sino para sentir el calor del aprecio de mi público. A medida que recuerdo los movimientos, los pasos familiares, los *grand battements,* las aperturas de piernas, voy ganando confianza y me siento cada vez más cómoda. Viajo hacia atrás en el tiempo, hasta los días en que las peores amenazas a nuestra libertad que podíamos imaginar eran los toques de queda o las estrellas amarillas. Bailo hacia mi inocencia. Hacia la chica que subía saltando las escaleras del estudio de *ballet.* Hacia la madre sabia y amorosa que la llevó allí por primera vez. «Ayúdame», le pido. «Ayúdame. Ayúdame a volver a vivir.»

Al cabo de unos días llega una carta abultada dirigida a mí. Es de Béla. Es la primera de las muchas cartas largas que me escribirá, primero desde el hospital de tuberculosos y luego desde su casa de Prešov, donde nació y se crio, la tercera ciudad más grande de Eslovaquia, a tan solo 32 kilómetros de Košice. A medida que sé más cosas de Béla y voy componiendo una vida a partir de lo que me cuenta en esas cartas el hombre que tartamudea y tiene un sentido del humor sarcástico se transforma en una persona llena de matices.

El primer recuerdo de Béla, me escribe, es salir de paseo con su abuelo, uno de los hombres más ricos del país, y que no le quiso comprar una galleta en una pastelería. Cuando salga del hospital se hará cargo del negocio de su abuelo, vendiendo al por mayor los productos de los agricultores de la región, moliendo café y trigo para toda Eslovaquia. Béla es una despensa repleta, un país de abundancia. Es un festín.

Como mi madre, Béla perdió a uno de sus padres cuando era muy joven. Su padre, que había sido alcalde de Prešov y, antes de eso, un afamado abogado de personas sin recursos, asistió a un congreso en Praga el invierno en que Béla tenía cuatro años. Al bajar del tren le cayó encima un alud de nieve y se ahogó. O eso fue lo que le dijo la policía a la madre de Béla. Béla sospecha que su padre, un personaje polémico que había molestado a la clase dirigente de Prešov al ejercer de abogado de los pobres y desfavorecidos, fue asesinado. Desde la muerte de su padre Béla tartamudea al hablar.

Su madre nunca se recuperó de la muerte de su padre. Su suegro, el abuelo de Béla, la encerró en casa para evitar que se viera con otros hombres. Durante la guerra la tía y el tío de Béla la invitaron a reunirse con ellos en Hungría, donde vivían ocultos, utilizando documentos de identidad falsos. Un día la madre de Béla estaba en el mercado cuando vio a un grupo de soldados de las SS. Le entró el pánico. Corrió hacia ellos y confesó a gritos. «¡Soy judía!», dijo. La enviaron a Auschwitz, donde murió en la cámara de gas. El resto de los miembros de la familia desenmascarados a raíz de la confesión de la madre de Béla, lograron huir a las montañas.

El hermano de Béla, George, lleva viviendo en Estados Unidos desde antes de la guerra. Antes de emigrar iba caminando por la calle en Bratislava, la capital de Eslovaquia, cuando fue atacado por un grupo de gentiles que le rompieron los lentes. Huyó del antisemitismo que se estaba gestando en Europa y se fue a vivir con su tío abuelo a Chicago. Su prima Marianna huyó a Inglaterra. Béla, a pesar de haber estudiado en Inglaterra cuando era pequeño y hablar inglés con fluidez, se negó a abandonar Eslovaquia. Quería proteger a todos los miembros de su familia. No lo consiguió. Su abuelo murió de cáncer de estómago. Y a su tía y su tío, que abandonaron las montañas engañados por los alemanes que les prometieron que todos los judíos que volviesen serían bien tratados, los pusieron en fila en la calle y los fusilaron.

Béla huyó de los nazis escondiéndose en las montañas. A duras penas era capaz de sostener un desarmador, escribe. Las armas le daban miedo, no quería luchar, era torpe, pero se hizo guerrillero. Tomó un fusil y se unió a las filas rusas que combatían contra los nazis. Cuando estaba con los guerrilleros contrajo tuberculosis. No tuvo que sobrevivir en los campos de concentración. En cambio, sobrevivió a los bosques de las montañas. Doy gracias por ello. Nunca veré la huella de las chimeneas reflejada en sus ojos.

Prešov se encuentra a tan solo una hora en coche de Košice. Un fin de semana Béla viene a visitarme y saca queso suizo y salami de una bolsa. Comida. Si consigo que se interese por mí, nos alimentará a mis hermanas y a mí, eso es lo que pienso. No lo extraño como a Eric. No fantaseo con besarlo ni anhelo tenerlo cerca. Ni siquiera coqueteo con él, no románticamente. Somos como dos náufragos que miramos fijamente al mar en busca de algún signo de vida. Y cada uno ve en el otro un tenue destello de luz.

Mi amiga Sara es otro leve destello. Una tarde viene a visitarme y me dice que conoció a alguien. Están pensando en casarse.

—¿Ya? —pregunto—. ¿Por qué tanta prisa?

Pienso que la estoy protegiendo para que no decida coaccionada, para que no decida algo en época de estrecheces de lo que pueda arrepentirse después. Sin embargo, puede que lo que en realidad le quiera decir sea «No me dejes».

—Edith —dice—, vamos a cumplir dieciocho años. Y después de todo lo que hemos pasado, hace mucho que dejamos de ser niñas. No quiero quedarme sentada y sufrir. Quiero salir adelante.

Me explica que ella y su marido formarán una nueva vida en Palestina.

Se me hace un nudo en la garganta, exactamente en el mismo sitio en el que aprendí a saborear la esperanza en Auschwitz. Pero aquellos sueños que atesoraba son ahora realmente imposibles. Eric está muerto. No quiero arruinarle las buenas noticias a Sara, pero las lágrimas me invaden de inmediato. No puedo tragármelas.

Sara me toma la mano.

—Ojalá pudiéramos hacer que volvieran.

Se refiere a Eric, a nuestros padres, a nuestras compañeras de clase y a los seis millones de madres, padres, hermanas, hermanos, profesores, médicos, músicos, albañiles, sastres, tenderos, obreros de fábricas, estudiantes y bebés.

—Eric y yo nos tendríamos que haber ido —digo—. Él quería ir a Palestina. Le tendría que haber dicho que sí. Si hubiera dicho que sí, aún estaría vivo.

Sara me acaricia la mano.

—No lo sabíamos —dice—. Hiciste lo que pudiste.

El arrepentimiento me golpea en las entrañas y en el pecho como si fuera un veneno.

—Tendría que haberlo sabido —digo.

Es más fácil castigarme a mí misma que aceptar el dolor. Es culpa mía, así que puedo seguir viviendo eternamente en un mundo en el que podría haber tomado otra decisión en lugar de vivir en el mundo en el que Eric ya no está.

—Aún podrías irte a Palestina —dice Sara—. Podrías venir conmigo. Podrías vivir allí en honor a Eric. Y… —Me ilumina con su sonrisa bondadosa—. Podrías volver a enamorarte. ¿No sería esa la mejor forma de celebrar que estamos vivas?

Las palabras de Sara me rondan la mente cuando Béla vuelve a visitarme, mientras lo veo sacar más quesos y embutidos deliciosos de su bolsa. Me doy cuenta de que me alegro de verlo. Esa alegría tiene que ver con la comida, pero también con sus chistes, con la creciente sensación de arraigo que siento en su presencia. Quizá el amor tiene diferentes sabores y texturas. Nadie podrá sustituir nunca a Eric. Él siempre será mi primer amor, el amor que me ayudó a sobrevivir. Quizá ese amor no desaparezca nunca. Existió durante todos aquellos meses en el campo de exterminio. Quizá el amor trascienda no solo la ausencia física, sino también la muerte. «El espíritu nunca muere», dijo Magda el primer día en Auschwitz, cuando llorábamos la muerte de nuestra madre. Quizá Eric siga conmigo de algún modo. Quizá se esté riendo de mi cabello desgreñado, de mi deseo de queso suizo y de mi creciente cariño por un viejo tartamudo.

Cuando Béla regresa a su casa aquella noche lo acompaño hasta su coche.

—Editke —me murmura al oído mientras me abraza. Sus manos permanecen en mi cintura.

Me entran calores. Levanto la cara. Su beso sabe a sal y a crema. No sé cuánta parte de mi corazón le puedo dar. Sin embargo, si me dejo llevar, sé que aquí puedo alimentarme.

Cuando les digo a mis hermanas que he empezado una relación con Béla Magda dice: «Vaya sorpresa». Coquetear es su fuerte. Aquí estoy usurpando su terreno.

Las palabras de Klara son más duras. Se voltea hacia Magda y dice:

—Ya ves, dos lisiados que se involucran. ¿Cómo quieres que la cosa funcione?

Más tarde, en la mesa, me habla directamente.

—Eres una niña, Dicuka —dice—. No puedes tomar decisiones así. No estás bien. Y él tampoco lo está. Tiene tuberculosis. Tartamudea. No puedes casarte con él.

Ahora tengo una nueva motivación para que esta relación funcione. Tengo que demostrarle a mi hermana que está equivocada.

La objeción de Klara no es el único impedimento. También se da la circunstancia de que sigue casado legalmente con la mujer gentil que protegió el patrimonio familiar de los nazis y ella se niega a divorciarse. Nunca han vivido juntos, nunca han tenido ninguna relación de ningún tipo más que la de conveniencia (para ella, el dinero de Béla; para él, su condición de gentil), pero ella no va a concederle el divorcio, por lo menos hasta que acceda a pagarle una importante suma de dinero.

Y luego está su prometida de los montes Tatra, que se está muriendo de tuberculosis. Béla le ruega a su amiga Marianna, la prima que huyó a Inglaterra pero regresó después de la guerra, que le dé la noticia de que no se va a casar con ella. Marianna, como es lógico, monta en cólera.

—¡Eres horrible! —grita—. ¡No puedes hacerle eso! ¡No pienso decirle que estás incumpliendo tu promesa por nada del mundo!

Béla me pide que vuelva con él al hospital para decírselo en persona. Tomamos el mismo tren que abordamos meses atrás, cuando tenía la cabeza enterrada en el periódico.

—Supongo que te acabó gustando el pájaro con mierda en la cabeza —digo.

Béla se ríe entre dientes. Siento un calor que me recorre el cuerpo. Esa sensación podría ser amor.

La prometida se muestra educada y amable conmigo. Está muy muy enferma. Sé que ahora debo de estar curándome porque me inquieta ver a alguien tan devastado físicamente. Se parece mucho al pasado reciente. Me asusta estar tan cerca de las puertas de la muerte. Me dice que se alegra de que Béla haya encontrado a alguien como yo, alguien con tanta energía y tan llena de vida. Me alegro de contar con su bendición. Y, al fin y al cabo, podría haber sido perfectamente yo la que estuviera en esa cama, enderezada con unas almohadas ásperas, tosiendo entre palabra y palabra, llenando un pañuelo de sangre.

Aquella noche Béla y yo nos alojamos juntos en un hotel, el hotel en el que nos encontramos cuando Klara le pidió que me acompañara al hospital. Compartiremos habitación y cama por primera vez. Trato de recordar las palabras prohibidas de *Nana* de Zola, y lo que mi compañera de litera casada me dijo en Auschwitz, y cualquier cosa que pueda prepararme para la danza de la intimidad.

Nos sentamos en el borde de la cama, completamente vestidos. Una parte de mí quiere salir huyendo de la habitación; la otra quiere arrancarse la ropa. Hacer y sentir por fin las cosas que solo he imaginado.

—Estás temblando —dice Béla—. ¿Tienes frío?

Se dirige a su maleta y saca un paquete envuelto con un listón brillante.

Dentro de la caja, cubierto con papel para envolver, hay un bonito camisón de seda. Es un regalo extravagante. Pero no es eso lo que me emociona. De algún modo, sabe que voy a necesitar una segunda piel. No es que me quiera proteger de él, cubrir mi desnudez. Lo que sucede es que necesito elevarme, extenderme, iniciar el capítulo que aún no se ha escrito. Voy al baño a cambiarme y tiemblo mientras la prenda se desliza por encima de la cabeza, mientras la tela me acaricia las piernas. El vestuario adecuado puede realzar la danza. Vuelvo a entrar en la habitación y hago una pirueta para él.

—*Izléses* —dice—. Muy elegante.

Su mirada es más que un cumplido. En sus ojos veo una nueva valoración de mi cuerpo; de mi vida.

Cuando volvemos a Košice, Béla dice que quiere llevarme a bailar.

—Será una cita como Dios manda —dice—. Iremos a cenar a un restaurante.

Mientras me arreglo pienso en la invitación de Eric para nuestra primera cita, en la falda blanca que me puse, en el *jazz* estadounidense. Ahora soy otra persona. Me pongo la falda plisada, el regalo de la chica moribunda del hospital para tuberculosos. Bailaré porque ella no puede hacerlo.

En el restaurante me siento cada vez más tensa. A veces mi cuerpo aún se parece al de una muñeca con las articulaciones rígidas, una muñeca que trato de mover infructuosamente. A veces, al vivir, me parece que estoy fingiendo. La carta me aturde. Era horrible morirse de hambre, pero el cucharón diario de sopa era algo congruente, algo conocido en un lugar en el que todo lo demás era traumático e incierto. Ahora me siento abrumada por tantas opciones. Me siento culpable al recibir esas ofrendas.

Béla nota mi angustia y elige por mí.

—Mientras esperamos la comida —dice— bailemos.

Me pone de pie y me lleva a la pista de baile. Pienso en el soldado estadounidense en Wels. En mi profesor de *ballet,* levantándome por encima de su cabeza. «Todo el éxtasis de tu vida saldrá de tu interior.» Me dejo llevar por los brazos de Béla, por la música, por mi cuerpo, ahora fluido y fuerte. Béla es un gran bailarín. No sé por qué me están haciendo este regalo, pero mi mente se calma. Dejo de darle vueltas a lo que me merezco.

Béla me hace girar y me inclina, sonriendo.

—Chica, ¡qué bien bailas! —dice.

Cuando volvemos a nuestra mesa un hombre me saluda con la mano y nos hace señas para que nos acerquemos.

—Soy Gyorgy —dice—. Conocía a tu novio, Eric. A ti te vi una o dos veces. Antes de la guerra.

Gyorgy nos invita a sentarnos.

—¿Sabes que Eric murió? —pregunta, y yo asiento—. Según me contaron, fue justo antes de que el campo fuera liberado.

—Sí.

La voz de Gyorgy es solemne. Tranquila.

—Yo estuve con él en el campo.

Permanezco sentada en silencio. Ha abierto una puerta. Puedo pedirle más información. Puedo preguntarle si Eric le habló de mí, si me quiso hasta el final. Puedo preguntarle hasta qué punto estaba enfermo, cuáles fueron sus últimas palabras. Puedo pedirle detalles, que me dé más información con la que decorar mi pena. Sin embargo, si le pregunto, me enteraré. Y entonces tendré que ver a Eric no solo como una persona que ya no está, sino también como una persona que sufrió y murió.

—No estoy seguro de que deba decirte esto —dice Gyorgy—, pero creo que deberías saberlo.

Mi pecho se tensa. Béla me aprieta la mano.

—Puedes decírmelo —digo.

Gyorgy toma aliento.

—Ya sabes lo idealista que era Eric —dice.

La palabra «era» me hace estremecer. Emplear el pasado para hablar de Eric suena falso. Me resisto, pero asiento, pensando en las apasionadas ideas de Eric sobre Palestina y en su ambición de ejercer la medicina.

—Era mental y físicamente fuerte —continúa Gyorgy—, pero el campo le afectó muy profundamente. Le costaba aceptar que los humanos pudieran aniquilar a otros humanos de manera tan sistemática.

—Nadie debería aceptar eso —interrumpe Béla.

—No —coincide Gyorgy—. Pero Eric perdió las ganas de vivir en un mundo así.

Apenas puedo respirar. Tengo la garganta seca. Siento que si respiro, me ahogaré.

—Él… —Gyorgy titubea, como si estuviera reconsiderando su decisión de contar la verdad.

Permanezco sentada, rígida en el ominoso silencio. Espero a que diga lo que debo oír.

—Al principio vi que se estaba rindiendo. Pensé que era por el hambre. El cansancio. El frío. Pero luego me di cuenta de que apenas tocaba la sopa de la cena. Un día de enero se lanzó contra la alambrada. Se suicidó.

Mi mente da un vuelco, se agita, se paraliza. Eric, sus ojos brillantes, su olor a hierba fresca, las últimas palabras que me dijo. «Nunca olvidaré tus ojos. Nunca olvidaré tus manos.» Estaba tan lleno de vida, vitalidad y determinación. Pensaba que la crueldad podría aplastarlo, pero no que se rendiría.

—No tendría que habértelo dicho —dice Gyorgy, mirando fijamente a la mesa—. Lo siento.

—No pasa nada —digo—. Prefiero saberlo. No es la persona que conocía. Me cuesta imaginarlo rindiéndose.

—Por si te sirve de algo —dice Gyorgy—, yo no lo interpreto así. No es que se rindiera. Lo que quería era hacerse cargo de su propia muerte.

¿Se arrepentirá ahora?, me pregunto. Si hubiera aguantado un solo día más, ahora estaría vivo. Sería libre. Estaría aquí, bailando conmigo.

—Que se enfríe la comida —le digo a Béla cuando nos levantamos de la mesa de Gyorgy—. Necesito bailar.

Me sonríe. El hombre que dentro de poco será mi marido, el hombre que tal vez se convierta en el padre de mis hijos, el hombre con el que estoy viva, ahora, en una sala llena de música. Béla me pone la mano en la suya y coloca su otra mano en la parte baja de mi espalda. Cuando empezamos a movernos se me ocurre que quizá, de algún modo, Eric me ha traído a Béla. Que Eric es nuestra celestina. Béla nos hace girar, firme y rápidamente, por la cálida sala y las preguntas se me agolpan en la mente. ¿Dónde construiremos nuestra vida? ¿Qué haremos con la vida que nos han dado? Aunque la incertidumbre formaba parte de la tortura y el horror de Auschwitz y nos obligaba a preguntarnos cada día si sería el último, también hizo que se despertara mi curiosidad. Mi esperanza me salvó en los campos de exterminio, y también mis ansias de saber. «¿Qué pasará a continuación?»

Bailo, bailo, con la cabeza contra su pecho.

Epílogo

DEJA UNA PIEDRA

Casi cuarenta años después me despierto en un hotel en Alemania; Béla está profundamente dormido a mi lado. A estas alturas hemos compartido muchos bailes y muchas luchas. Huimos del opresor régimen comunista en Europa, perdiendo todo lo que teníamos, para pasar a ser inmigrantes en Estados Unidos, trabajando en fábricas por una miseria y aprendiendo inglés a base de leer los libros ilustrados que nuestra hija traía a casa de la guardería. Volvimos a estudiar y a forjarnos una carrera, Béla como contador y yo como psicóloga. Criamos a tres hijos y somos abuelos; la mejor venganza contra Hitler, dice Béla. Encontramos el uno en el otro un amor profundo y estable, sin las mariposas y sin la fascinación del enamoramiento, sino en el acto de elegirnos una y otra vez. Su amor es como un puerto, un lugar en el que busco refugio. Y es un estudio donde ensayo y crezco y caliento, donde encuentro y vuelvo a ejercitar mi fuerza.

Béla se estira y abre los ojos. Me sonríe y su cara es toda dulzura y luminosidad.

—Estoy lista —le digo.

Es la primera vez que regreso a Alemania desde la guerra; era un viaje que me aterrorizaba. Pero tengo que hacer algo antes de volver a casa. Un rito de duelo, cerrar el círculo. Un rito de autoaceptación.

—Estoy lista para volver a Auschwitz.

—Ven conmigo, por favor —le ruego a Magda por teléfono esa misma mañana.

No puedo imaginarme volver al infierno sin mi hermana. No habría sobrevivido sin ella. Ahora no podré soportar volver a nuestra prisión a menos que ella esté a mi lado, tomándome de la mano. Sé que no es posible revivir el pasado, volver a ser quien fui, volver a abrazar a mi madre, ni siquiera una vez. Nada puede alterar el pasado, hacer que sea una persona distinta a la que soy, cambiar lo que les hicieron a mis padres, a Eric, a mí. No hay vuelta atrás. Lo sé. Sin embargo, no puedo ignorar la sensación de que algo me espera en mi antigua prisión, algo que tengo que recuperar. O descubrir. Alguna parte de mí olvidada hace mucho tiempo.

—¿Qué clase de masoquista chiflada te crees que soy? —dice Magda—. ¿Por qué diablos iba a volver allí? ¿Por qué ibas a querer volver tú?

Es una pregunta razonable. ¿Acaso me estoy castigando a mí misma? ¿Reabriendo una herida? Puede que me arrepienta. Pero creo que me arrepentiré más si no vuelvo.

Por más que trato de convencerla, Magda se niega a acompañarme. Magda decide no volver nunca y yo la respeto. Pero yo tomaré una decisión diferente.

Béla y yo viajamos a Salzburgo, donde visitamos la catedral construida sobre las ruinas de una iglesia románica. Según nos cuentan, ha sido reconstruida tres veces, la más reciente después de que una bomba dañara la cúpula central durante la guerra. No hay signos de destrucción.

—Como nosotros —dice Béla, tomándome de la mano.

Desde Salzburgo vamos a Viena, por el mismo camino que Magda y yo recorrimos a pie antes de ser liberadas. Veo cunetas a lo largo de las carreteras y me las imagino como las vi en su día, repletas de cadáveres, pero también las veo como están ahora, recubiertas de la hierba del verano. Veo que el pasado no corrompe el presente y que el presente no atenúa el pasado. El tiempo es el medio. El tiempo es la vía; viajamos por él. El tren atraviesa Linz. Atraviesa Wels. Soy una chica con la espalda rota que vuelve a aprender a escribir una *G* mayúscula, que vuelve a aprender a bailar.

Pasamos la noche en Viena, no muy lejos del Hospital Rothschild, donde vivimos muchos años atrás mientras esperábamos los visados para viajar a Estados Unidos. Por la mañana tomamos otro tren en dirección al norte, con destino a Copenhague, donde vamos a visitar a unos amigos.

Creo que Béla da por sentado que es posible que mi deseo de volver a Auschwitz vaya disminuyendo, pero la segunda mañana que pasamos en Copenhague les pregunto a nuestros amigos la dirección de la embajada polaca. Me advierten de que unos amigos suyos supervivientes que fueron a visitar el campo luego murieron.

—No te traumatices de nuevo —suplican.

Béla también parece preocupado.

—Hitler no ganó —le recuerdo.

Yo pensaba que decidir volver a Auschwitz sería el mayor obstáculo. Sin embargo, en la embajada polaca Béla y yo nos enteramos de que se están produciendo disturbios por toda Polonia, que es posible que los soviéticos intervengan para acabar con las manifestaciones, que la embajada ha recibido instrucciones de dejar de conceder visados de viaje a los occidentales. Béla se dispone a consolarme, pero lo aparto. Siento que mi fuerza de voluntad aumenta. He llegado muy lejos en mi vida y en mi sanación. Ahora no puedo rendirme ante ningún obstáculo.

—Soy una superviviente —le digo al funcionario de la embajada—. Estuve prisionera en Auschwitz. Mis padres y mis abuelos murieron allí. Luché con todas mis fuerzas por sobrevivir. Por favor, no me haga esperar para volver.

No sé que dentro de un año las relaciones entre Polonia y Estados Unidos se habrán deteriorado, que permanecerán congeladas durante el resto de la década, que, en realidad, esta es la última oportunidad que tenemos Béla y yo de volver a Auschwitz juntos. Solo sé que no puedo permitirme que me manden de vuelta a casa.

El funcionario me mira con aire impasible. Se aleja del mostrador y luego regresa.

—Pasaportes. —En nuestros pasaportes azules estadounidenses ha introducido un visado válido por una semana—. Disfruten de Polonia.

Es entonces cuando empiezo a sentir miedo. En el tren a Cracovia me siento como si estuviera en un crisol, como si estuviera llegando al punto en el que voy a romperme o a arder, en el que el miedo mismo podría convertirme en cenizas. «Aquí. Ahora.» Intento razonar con la parte de mí que siente que con cada kilómetro que recorro pierdo una capa de piel. Cuando llegue a Polonia seré otra vez un esqueleto. Quiero ser algo más que huesos.

—Bajemos en la próxima parada —le digo a Béla—. No es importante llegar a Auschwitz. Vámonos a casa.

—Edie —dice—, estarás bien. No es más que un lugar. No puede hacerte daño.

Permanezco en el tren hasta llegar a otra parada, y otra más, y atravesamos Berlín y Poznan. Pienso en el doctor Hans Selye, un compatriota húngaro, que decía que el estrés es la reacción del cuerpo ante cualquier exigencia de cambio. Nuestras respuestas automáticas son luchar o huir, pero en Auschwitz, donde sufrimos mucho más que estrés, donde vivíamos sumidas en la angustia, donde lo que estaba en juego eran la vida y la muerte, donde no sabíamos nunca lo que sucedería a continuación, las opciones de luchar o huir no existían. Si hubiera luchado, me habrían disparado; si hubiera intentado huir, habría muerto electrocutada. Así que aprendí a dejarme llevar, a bailar en lugar de luchar. Aprendí a adaptarme a la situación, a desarrollar lo único que me quedaba, a buscar en mi interior la única parte de mí que ningún nazi podría asesinar jamás. A encontrar mi verdadero yo y aferrarme a él. Puede que no esté perdiendo piel, puede que solamente me esté estirando. Estirándome para dar cabida a cada aspecto de lo que soy, de lo que he sido y de lo que puedo llegar a ser.

Llegamos a Cracovia a media tarde. Esta noche dormiremos aquí, o al menos lo intentaremos. Mañana tomaremos un taxi hasta Auschwitz. Béla quiere visitar el casco histórico y yo intento prestar atención a la arquitectura medieval, pero mi mente está demasiado ocupada con mis expectativas; una extraña mezcla de promesas y terror. Nos detenemos junto a la basílica de Santa María para escuchar al trompetista tocar el *hejnał* que señala cada hora. Un grupo de chicos adolescentes pasa empujándose a nuestro lado, bromeando ruidosamente en polaco, pero no siento su alegría; me siento inquieta. Esos jóvenes me recuerdan que dentro de muy poco la siguiente generación alcanzará la mayoría de edad. ¿Ha educado mi generación a la juventud lo suficientemente bien como para evitar que haya otro Holocausto? ¿O acaso la libertad que tanto nos ha costado conseguir se hundirá en un nuevo océano de odio?

He tenido muchas oportunidades de influir en personas jóvenes: mis propios hijos y nietos, mis antiguos alumnos, el público al que me dirijo en mis conferencias por todo el mundo y pacientes individuales. La víspera de mi regreso a Auschwitz mi responsabilidad hacia ellos me parece especialmente trascendente. No vuelvo a Auschwitz solo por mí. Vuelvo por todo lo que emana de mí.

¿Tengo lo necesario para marcar la diferencia? ¿Puedo transmitir mi fuerza en lugar de mi pérdida? ¿Mi amor en lugar de mi odio? Pienso en Corrie ten Boom, una de las gentiles Justas entre las Naciones. Ella y su familia se enfrentaron a Hitler ocultando a cientos de judíos en su casa y ella misma acabó en un campo de concentración. Su hermana murió allí; falleció en sus brazos. Corrie fue liberada gracias a un error burocrático un día antes de que ejecutaran a todos los reclusos de Ravensbrück. Algunos años después de la guerra se encontró con uno de los guardias más crueles del campo, uno de los hombres responsables de la muerte de su hermana. Podría haberle escupido, haberle deseado la muerte, haberlo maldecido. Sin embargo, rezó para que se le concediera la fuerza para perdonarlo y le tomó las manos. Dice que en ese momento en que sus manos agarraban las del antiguo guardia sintió el más puro y profundo amor.

Ahora, la víspera de mi regreso a la cárcel, me recuerdo a mí misma que cada uno de nosotros tenemos un Adolf Hitler y una Corrie ten Boom en nuestro interior. Tenemos la capacidad de odiar y la capacidad de amar. Escoger una u otra, nuestro Hitler interior o nuestra ten Boom interior, depende de nosotros.

A la mañana siguiente llamamos a un taxi para recorrer el trayecto de una hora hasta Auschwitz. Béla se pone a charlar con el taxista sobre su familia y sus hijos. Me fijo en la vista que no pude contemplar cuando tenía dieciséis años, cuando me acercaba a Auschwitz, desde la oscuridad del vagón de ganado. Granjas, pueblos, campos. La vida continúa, como lo hizo a nuestro alrededor mientras estábamos encerradas allí.

El taxista se marcha y Béla y yo volvemos a quedarnos solos, delante de mi antigua prisión. El letrero de hierro forjado se erige imponente: ARBEIT MACHT FREI, «el trabajo los hará libres». Al verlo me tiemblan las piernas ante el recuerdo de cómo esas palabras le dieron esperanzas a mi padre. Trabajaremos hasta que acabe la guerra, pensaba. Esto durará un poquito y luego seremos libres. *Arbeit Macht Frei.* Esas palabras nos tranquilizaron hasta que las puertas de la cámara de gas se cerraron tras nuestros seres queridos, hasta que el pánico se hizo inútil. Y luego esas palabras se convirtieron en una ironía repetida a diario, cada hora, porque aquí nada podía hacer que fueras libre. La muerte era la única escapatoria. Y así, incluso la idea misma de libertad se convirtió en otra forma de desesperación.

La hierba es densa. Los árboles son más frondosos. Sin embargo, las nubes son de color hueso y, debajo de ellas, las edificaciones construidas por el hombre, incluso las que están en ruinas, dominan el paisaje. Kilómetros y kilómetros de alambrada sin fin. Una vasta extensión de barracones de ladrillo medio derruidos y porciones de terreno rectangulares vacías donde antes hubo edificios. Las desoladoras líneas horizontales de barracones, vallas y torre son regulares y ordenadas, pero no hay vida en esa geometría. Es la geometría de la tortura y la muerte sistemáticas. Aniquilación matemática. Y entonces vuelvo a sentirlo, siento lo que me obsesionó durante todos aquellos meses infernales, cuando esto era mi hogar: no veo ni oigo ningún pájaro. Aquí no vive ningún pájaro. Ni siquiera ahora. El cielo está despojado de sus alas, el silencio es más profundo por la ausencia de su canto.

Los turistas se agrupan. Empieza nuestra visita. Somos un pequeño grupo de ocho o diez personas. La inmensidad es aplastante. Lo noto en nuestra inmovilidad, en cómo casi dejamos de respirar. No es posible entender la enormidad de las atrocidades que se cometieron en este lugar. Yo estuve aquí cuando ardía el fuego. Me levantaba y trabajaba y dormía envuelta en el hedor de cadáveres quemados y ni siquiera yo soy capaz de entenderlo. El cerebro intenta calcular las cifras, intenta captar el confuso conjunto de objetos reunidos y expuestos a los visitantes: las maletas arrebatadas a los que morirían al cabo de poco tiempo, los tazones y los platos y las tazas, los miles y miles de pares de lentes amontonados en un revoltijo formando un arbusto surrealista. Las ropas tejidas por manos amorosas para unos bebés que nunca llegarían a ser niños, ni mujeres, ni hombres. El recipiente de cristal de veinte metros y medio de largo completamente lleno de cabello humano. Los cálculos son los siguientes: 4700 cadáveres incinerados en cada crematorio, 75 000 polacos muertos, 21 000 gitanos, 15 000 soviéticos.

Las cifras crecen y crecen. Podemos hacer la ecuación, podemos hacer el cálculo que da como resultado más de un millón de muertos en Auschwitz. Podemos sumar esa cifra a la lista de miles de muertos en los otros miles de campos de exterminio en la Europa de mi juventud, a los cadáveres arrojados a cunetas o ríos antes de que los enviaran a campos de exterminio. Pero ningún cálculo puede resumir adecuadamente los efectos de esa pérdida tan absoluta. Las palabras no pueden expresar la falta de humanidad sistemática de esa fábrica de muerte construida por el hombre. Más de un millón de personas fueron asesinadas en el preciso lugar en el que me encuentro. Es el cementerio más grande del mundo. Y en las decenas, cientos, miles y millones de muertos, en todas las pertenencias empaquetadas que luego se vieron obligados a abandonar, en los kilómetros de alambrada y ladrillo, surge ominosa otra cifra. El número cero. Aquí, en el cementerio más grande del mundo, no hay ni una sola tumba. Solamente espacios vacíos donde se alzaban los crematorios y las cámaras de gas que los nazis destruyeron apresuradamente antes de la liberación. Las superficies de terreno vacías donde murieron mis padres.

Finalizamos la visita a la sección masculina del campo. Todavía tengo que ir al sector femenino, a Birkenau. Por eso estoy aquí. Béla me pregunta si quiero que me acompañe, pero le digo que no con la cabeza. Esta última etapa del viaje debo recorrerla sola.

Dejo a Béla en la reja de entrada y vuelvo al pasado. En los altavoces suena la música, sonidos alegres que se contradicen con el entorno desolador. «¿Lo ven? —dice mi padre— no puede ser un sitio tan terrible. Solo tendremos que trabajar un poco hasta que acabe la guerra.» Es temporal. Podemos sobrevivir a esto. Se incorpora a su fila y nos dice adiós con la mano. ¿Le devuelvo el saludo? Oh, memoria, dime que me despedí de mi padre antes de que muriera.

Mi madre entrelaza su brazo con el mío. Caminamos juntas. «Abotónate el abrigo», dice. «Ponte derecha.» Vuelvo a estar dentro de la imagen que ha ocupado mi mirada interior durante la mayor parte de mi vida: tres mujeres hambrientas con abrigos de lana, tomadas del brazo en un patio desolado. Mi madre. Mi hermana. Yo.

Llevo puesto el abrigo que me puse aquella madrugada de abril. Soy delgada y atlética y llevo el cabello recogido bajo una pañoleta. Mi madre me regaña de nuevo para que me ponga derecha. «Eres una mujer, no una niña», dice. Hay una buena razón para su insistencia. Quiere que aparente los dieciséis años que tengo o más. Mi supervivencia depende de ello.

Y, sin embargo, no soltaría la mano de mi madre por nada del mundo. Los guardias señalan y empujan. Nuestra fila avanza lentamente. Veo los ojos medio cerrados de Mengele más adelante, los dientes separados cuando sonríe. Es el que dirige. Es un anfitrión diligente. «¿Hay alguien enfermo?», pregunta solícito. «¿Mayor de cuarenta? ¿Menor de catorce? A la izquierda, a la izquierda.»

Es nuestra última oportunidad. De compartir palabras, de compartir el silencio. De abrazarnos. Esta vez sé que es el final. Y aun así me quedo corta. Solo quiero que mi madre me mire. Que me tranquilice. Que me mire y nunca aparte la mirada. ¿Qué es esta necesidad que le transmito una y otra vez? ¿Ese deseo imposible?

Ahora es nuestro turno. El doctor Mengele levanta el dedo. «¿Es tu madre o tu hermana?», pregunta.

Me aferro a la mano de mi madre. Magda se abraza a ella por el otro lado. No pienso en qué palabra la protegerá. No lo pienso en absoluto. Solamente siento que todas y cada una de las células de mi cuerpo la quieren y la necesitan. Es mi madre, mi mamá, mi única mamá. Así que digo la palabra que he tratado de borrar de mi conciencia el resto de mi vida, la palabra de la que siempre me arrepentiré.

«Madre», digo.

En cuanto la palabra sale de mi boca quiero volverla a meter en la garganta. Me he dado cuenta demasiado tarde de la importancia de la pregunta. «¿Es tu madre o tu hermana?» «¡Hermana, hermana, hermana!», quiero gritar. Mengele le señala a mi madre la izquierda. Ella sigue a los niños y a las ancianas, a las madres embarazadas o que llevan niños en brazos. Voy a ir con ella. No la perderé de vista. Me echo a correr hacia mi madre, pero Mengele me agarra por el hombro. «Verás a tu madre muy pronto», dice. Me empuja hacia la derecha. Hacia Magda. Al otro lado. A la vida.

«¡Mamá!», grito. Volvemos a separarnos, en el recuerdo y en la vida, pero no permitiré que mi memoria sea otro callejón sin salida. «¡Mamá!», digo. No me contentaré con ver su nuca. Tengo que ver su cara radiante como el sol.

Se da la vuelta para mirarme. Es un punto inmóvil en el río que forman el resto de las condenadas. Siento su fulgor, la belleza que era más que belleza, la que a menudo ocultaba bajo su tristeza y desaprobación. Ve cómo la miro. Sonríe. Es una leve sonrisa. Una sonrisa triste.

«¡Tendría que haber dicho "hermana"! ¿Por qué no dije "hermana"?» La llamo a través del tiempo para pedirle perdón. Creo que es para eso para lo que he vuelto a Auschwitz. Para oírla decirme que lo hice lo mejor que supe. Que tomé la decisión correcta.

Pero no puede decirlo y, aunque pudiera, no le creería. Puedo perdonar a los nazis, pero ¿cómo puedo perdonarme a mí misma? Volvería a vivir todo aquello, cada fila de selección, cada baño, cada noche helada y cada recuento mortal; cada comida fantasma, cada bocanada de aire llena de humo, cada vez que estuve a punto de morir o lo deseé, si pudiera revivir ese momento y el momento inmediatamente anterior, cuando podría haber tomado una decisión diferente. Cuando pude haber dado una respuesta diferente a la pregunta de Mengele. Cuando pude haber salvado, aunque fuera solo por un día, la vida de mi madre.

Mi madre se da la vuelta. Veo su abrigo gris, los hombros mullidos, el cabello recogido y brillante, alejándose de mí. La veo alejarse con las otras mujeres y niños hacia los vestidores en los que se desnudarán, donde ella se quitará el abrigo en el que todavía lleva el saco amniótico de Klara, donde les dirán que memoricen el número del gancho en la que han colgado su ropa, como si fueran a recuperar ese vestido, ese abrigo, ese par de zapatos. Mi madre esperará desnuda con las otras madres (las abuelas, las madres jóvenes con bebés en brazos) y con los hijos de las madres a las que enviaron a la misma fila que a Magda y a mí. Bajará en fila a la sala con regaderas en las paredes, donde más y más personas serán introducidas a empujones hasta que la sala esté empapada de sudor y lágrimas y resuenen en ella los gritos de mujeres y niños aterrorizados, hasta que esté abarrotada y no haya suficiente aire para respirar. ¿Verá las pequeñas ventanas cuadradas del techo a través de las cuales los guardias introducirán el gas venenoso? ¿Durante cuánto tiempo sabrá que va a morir? ¿El tiempo suficiente para pensar en mí y en Magda y en Klara? ¿En mi padre? ¿El tiempo suficiente para rezar una oración a su madre?

¿El tiempo suficiente para enojarse conmigo por decir la palabra que la ha enviado a la muerte en un segundo?

¿Podría haber salvado a mi madre? Tal vez. Viviré el resto de mi vida preguntándomelo. Puedo flagelarme por haber tomado la decisión equivocada. O puedo aceptar que la decisión más importante *no* es la que tomé cuando estaba hambrienta y aterrorizada, cuando estábamos rodeadas de perros y fusiles e incertidumbre, cuando tenía dieciséis años, sino la que estoy tomando ahora. La decisión de aceptarme a mí misma como soy: humana, imperfecta. Y la decisión de ser responsable de mi propia felicidad. De perdonar mis defectos y reivindicar mi inocencia. De dejar de preguntarme por qué merecí sobrevivir. De actuar lo mejor posible, de comprometerme a servir a los demás, de hacer todo lo que pueda para honrar a mis padres, de asegurarme de que no murieron en vano. De hacer todo lo que pueda, dentro de mis limitadas posibilidades, para que las generaciones futuras no pasen por lo que yo pasé. De ser útil, sobrevivir y prosperar, para poder dedicar cada momento a hacer del mundo un lugar mejor. Y, por último, dejar de huir del pasado, hacer todo lo posible para redimirlo y dejarlo ir. Puedo tomar una decisión que todos podemos tomar. No puedo cambiar el pasado, pero puedo salvar una vida. La mía. La que estoy viviendo ahora, en este precioso instante.

Estoy preparada para irme. Tomo una piedra del suelo, una pequeña, áspera, gris, corriente. La aprieto. Según la tradición judía, colocamos pequeñas piedras en las tumbas en señal de respeto a los muertos, para cumplir con el *mitzvá* y darles nuestra bendición. La piedra significa que los muertos siguen vivos en nuestro corazón y en nuestra memoria. La piedra que tengo en la mano simboliza mi amor permanente por mis padres. Y es un símbolo de la culpa y el pesar que he venido a afrontar aquí, algo inmenso y aterrador que, a pesar de todo, puedo sostener en la mano. Es la muerte de mis padres. Es la muerte de Eric y de la vida pasada. Es lo que no sucedió. Y es el nacimiento de la vida actual. De Béla y de nuestra familia. De la paciencia y la compasión que he aprendido aquí, de la capacidad de dejar de autojuzgarme, la capacidad de responder en lugar de reaccionar. Es la verdad y la paz que he venido a descubrir aquí y todo lo que por fin puedo aplacar y dejar atrás.

Dejo la piedra en la porción de terreno donde estaba mi barracón, donde dormía en una litera de madera con otras cinco chicas, donde cerré los ojos mientras sonaba *El Danubio azul* y bailé para salvar mi vida. «Los extraño —les digo a mis padres—. Los quiero. Siempre los querré.»

Y al inmenso campo de exterminio que acabó con la vida de mis padres y de tantos otros, al aula de horror que aún tenía algo sagrado que enseñarme sobre cómo vivir —que fui victimizada pero no soy una víctima; que me hirieron pero no me han destruido; que el alma nunca muere; que el sentido y la voluntad pueden proceder de lo más profundo de lo que nos duele— le susurro mis últimas palabras. «Adiós», digo. Y «Gracias». Gracias por la vida y por la capacidad de aceptarla por fin tal como es.

Nunca podremos cambiar lo que nos sucedió. No podemos modificar el pasado ni controlar lo que hay a la vuelta de la esquina. Pero podemos decidir cómo vivir *ahora.* Podemos decidir *a* quién y cómo amar.

Podemos decidir —siempre podemos decidir— ser libres.

Agradecimientos

Creo que las personas no vienen a mí, sino que me son enviadas. Mi eterno agradecimiento a las numerosas personas extraordinarias que me han sido enviadas, sin las cuales mi vida no sería la misma y sin las cuales este libro no existiría.

Escribir mi primer libro fue un sueño hecho realidad. Publicar mi tercer libro va más allá de lo que nunca imaginé. No podría haberlo hecho sin mi extraordinario equipo literario, las personas que, palabra a palabra y página a página, me han ayudado a hacer que esta obra fuera una realidad:

Doug Abrams, extraordinario agente y la persona más buena y fiel del mundo; gracias a ti y a tu equipo de Idea Architects (especialmente a Jordan Jacks) por crear libros que son instrumentos de sanación. Tu presencia en este planeta es un absoluto regalo.

Esmé Schwall, coautora del libro; no solo encontraste las palabras, sino que te convertiste en mí. Gracias por tu capacidad de contemplar mi viaje hacia la sanación desde tantas perspectivas diferentes y por transformar mi vida en poesía.

A la inteligente y talentosa Reka Simonsen y su comprometido equipo en Atheneum; gracias por aportar su poderosa convicción, compasión y visión a este proyecto.

A mis extraordinarias editoras británicas, que han jugado un papel tan importante a la hora de divulgar mi vida y mi obra en el mundo de habla inglesa, especialmente Judith Kendra, Olivia Morris y Anna Bowen de Rider, Andrew Goodfellow y Joel Rickett de Ebury y todo su maravilloso equipo. Gracias por hacer de *La bailarina de Auschwitz* un éxito internacional, por animarme a escribir *En Auschwitz no había prozac*, por defender este libro con tanta pasión y entusiasmo y por obsequiar a los lectores de todo el mundo con libros para vivir mejor.

A mi maravilloso equipo de derechos internacionales: Caspian Dennis y Sandy Violette de Abner Stein y Camilla Ferrier, Susie Nicklin, Jenna McDonagh y Brittany Poulin de Marsh Agency, y a mis realmente extraordinarios y comprometidos editores de todo el mundo; gracias por llevar mi obra a lectores de tantos países y lenguas.

Tengo la enorme suerte de contar con muchos amigos, colegas y terapeutas que enriquecen y apoyan mi vida diaria, y en especial con los siguientes:

Wendy Walker, un modelo de conducta que es toda una inspiración sobre cómo ser una auténtica superviviente y vivir el presente.

Bob Kaufman, Lisa Kelty, Debbie Lapidus, Sid Zisook y tantos otros compañeros ejemplares; gracias por los años de conocimientos y conversaciones y por su ayuda a quienes sufren. Reviven y renuevan innumerables vidas, incluida la mía.

Katie Anderson, mi mano derecha, que me mantiene siempre al corriente de todo, me ayuda a afrontar lo que haga falta y es un modelo de ayudante responsable.

El doctor Scott McCaul y la doctora Sabina Wallach, que nunca han dudado de mi capacidad de resistencia.

Todo mi amor y gratitud a mi familia:

Magda y Klara, mis queridas hermanas. No podría haber sobrevivido sin ustedes. Que sepan siempre cuánto las quiero y cuánto las extraño.

Béla. Compañero de vida. Alma gemela. Padre de mis hijos. Compañero cariñoso y fiel que arriesgó todo para construir una nueva vida conmigo en Estados Unidos. Nuestra intensa vida juntos fue un placer. Te quiero.

Mi hijo, John Eger, que me ha enseñado a no ser una víctima y que nunca ha dejado de luchar por las personas con discapacidad.

Mis hijas, Marianne Engle y Audrey Thompson, que me han brindado incesantemente apoyo moral y cariñoso consuelo, cuyas correcciones y reflexiones en los tres libros han contribuido a poner en negro sobre blanco mi historia y mis puntos de vista sobre la sanación, y que fueron conscientes, quizá antes que yo misma, de que me resultaría más difícil revivir el pasado que sobrevivir a Auschwitz. En Auschwitz solamente podía pensar en mis necesidades para sobrevivir; para escribir este libro, he tenido que sentirlo todo. No podría haber asumido el riesgo sin su fortaleza y su amor. Gracias por todas las formas en que me han ayudado a crecer.

Mis nietos, Lindsey, Rachel, Jordan, David y Ashley, embajadores de la paz, prueba viviente de que la vida es bella y de que mis padres no murieron en vano. Que sigan transmitiendo el amor y la fuerza de nuestra familia.

Los maravillosos cónyuges y parejas de mis hijos y nietos, las personas que van añadiendo ramas al árbol genealógico de la familia: Rob Engle, Dale Thompson, Lourdes, Justin Richland, John Williamson e Illynger Engle.

Cuando nació nuestro primer nieto Béla dijo: «Tres generaciones, esa es la mejor venganza contra Hitler». ¡Ahora somos cuatro! Gracias a la siguiente generación: Silas, Graham, Hale, Noah, Dylan, Marcos y Rafael. Cada vez que los oigo llamarme «bisabuela Dicu» mi corazón palpita.

A mi sobrino Richard Eger, mi Dickie, y su esposa, Byrne, y a mi sobrina Annabelle Eger Sher y su marido, Richard; gracias por ser verdaderos miembros de la familia, por cuidar de mí y de mi salud y por celebrar juntos los días señalados.

A la hija de Magda, Ilona, y a su hijo, Grant, y a la hija de Klara, Jeanette, y a su hija Charlotte; tengo escalofríos cuando veo a mis padres y a mis hermanas en ustedes y cuando los veo prosperar. Gracias por compartir su viaje.

A todos aquellos que han estado en mi vida, tenido fe en mí, me han guiado para que no me rindiera; a todas las personas que me han motivado, inspirado y alimentado, los considero un regalo único y doy gracias por su presencia en mi vida. Gracias por llenar mi cesta y por ayudarme a asumir la responsabilidad de mi vida y mi libertad. Nunca me he sentido tan afortunada y agradecida, ¡ni tan joven! Gracias.